사랑 파먹기

사랑 파먹기

권혜영 소설집

민음사

차례

띠부띠부 랜덤 슬라이드   7

당신이 기대하는 건 여기에 없다   45

여분의 해마   77

사랑 파먹기   119

유예하는 밤   167

들개들의 트랙 리스트   197

다음 챕터   231

작가의 말   271

작품 해설

미래-증명, 잠시 중단합니다_ 최가은(문학평론가)   275

추천의 글_ 이희주(소설가)   295

띠부띠부 랜덤 슬라이드

최근 들어 나는 씻고 밥 먹고 청소하고 외출할 때에만 잠깐씩 직립보행을 하고 그 밖의 상황들 속에서는 거의 누워서 생활한다. 누워서 핸드폰을 하고, 누워서 영상을 시청하고, 누워서 젤리를 먹고, 누워서 노트북으로 할 일을 하다가, 누워서 그냥…… 가만히 있는다. 몸은 비록 누워 있더라도 그 어느 때보다 생생하게 살아 있음을 느낀다. 퇴사한 지 두 달은 된 것 같은데 이 생활이 하나도 안 질린다. 늘 새롭고 사랑스럽다. 그 와중에 실업급여까지 매달 180만 원씩 나오니 행복하다. 두 번 받았고 앞으로 네 번 더 받는다. 아껴 쓰자. 최대한 오래 누워 있고 싶으니까.

누워 있다가 오후 3시가 되면 샤카 주스를 사러 편의점에 간다. 매장을 한 바퀴 돌며 이달의 행사 상품을 체크한다. 2+1에는 눈길도 주지 않고 1+1 제품만 담는다. 샌드위치를 구매하면 두유를 증정. 과자를 사면 젤리를 증정. 포켓몬 빵은 1+1이 아니지만 재고가 있으면 산다. 오늘은 꼬부기 빵을 하나 발견했다. 빠르고 싱그럽게 나의 장바구니로 안착. 샤카 주스는 배 맛, 사과 맛, 복숭아 맛 골고루 해서 세 캔 골라 담았다. 더 사고 싶어서 손가락이 움찔거렸지만 딱 하루에 마실 만큼만 사기로 나 자신과 약속했다.

내가 경품 이벤트에 당첨되는 장면이 선명하게 그려진다. 망상이 아니라 이번엔 진짜 될 것 같다. 자진 퇴사라 전혀 기대하지 않았는데 실업급여를 받고 있다. 하루에 열 시간 숙면이라는 오랜 염원을 이뤄 냈다. 인터넷 사주를 봤는데 올해부터는 운의 흐름이 대운 쪽으로 기운단다.

1등: 오션뷰 풀 빌라 호텔의 조식 포함 2인 숙박권.

당첨되면 주이정과 갈 것이다. 어차피 친구는 주이정 밖에 없다. 걔가 거절하면 혼자 가야겠지. 엄마에게 는 물어보기도 싫다. 아빠랑 남동생이랑 다 같이 가 자고 할 게 뻔하다. 이야기가 그런 식으로 흐르면 호 캉스는 더 이상 호캉스가 아니게 된다. 그렇게 되느니 차라리 방에 딸린 호사스러운 수영장을 나 혼자 독차 지하자. 30년 인생 동안 욕조가 있는 집에서 살아 본 적이 없다. 자쿠지 욕조에서 거품 반신욕을 하자. 조 식 먹고 낮술 마시고 밤술 마시자. 마스크팩 하면서 꿀잠 자자.

2등: 태블릿. 요즘 들어 절실해진 물건. 노트북으 로 영상을 보면 눕는 자세에 한계가 생긴다. 옆으로 누워서 보는 게 그나마 편한데 그 자세로 오래 있다 보면 목뼈가 아프다. 똑바로 눕고 싶으면 노트북을 허 벅지 또는 배 위에 올려놓고 봐야 한다. 그렇게 되면 궁극의 눕기 상태가 잘 실현되지 않는다. 태블릿이 있 으면 거치대로 고정한 뒤 이상적으로 누울 수 있다. 이걸 획득하면 누워서 영상 볼 때 겪는 이런저런 고충 들이 해결될 것 같다.

3등: 닌텐도 스위치. 미개봉 상태로 중고 거래 앱에 올린다. 팔아서 번 돈으로 맛있는 거 사 먹어야지.

4등: 샤카 주스 한 박스. 이벤트에 재응모.(여기서부터는 그닥 상상하고 싶지 않다.)

5등: 문화 상품권. 무대인사 있는 영화를 예매하기.(이런 곳에 가면 무언가를 당첨시켜 주는 행사가 많다.) 예매 실패하면 리뷰 이벤트가 걸려 있는 도서 사기. (그만……. 그만 상상하자.)

편의점 밖에 비치된 간이의자에 앉는다. 방금 구매한 샤카 주스 여덟 캔을 테이블 위에 일렬로 정렬한다. 핸드폰 촬영 버튼을 누른다. QR 코드를 찍는다. 음료 회사 홈페이지로 이동이 되면 빈칸에 숫자와 알파벳 대소 문자 조합의 코드가 자동 입력된다. 확인 버튼을 터치한다. 페이지가 바뀐다. 꽝. 옆에 놓인 캔으로 렌즈를 다시 갖다 댄다. 또 꽝.

여덟 번의 꽝이 눈앞에 나타났다가 사라진다. 그럴 수 있지. 이벤트 기간은 일주일이나 남았고 딱히 억울하지도 않다. 복권을 샀는데 꽝이 나왔다면 돈 날린 기분이 들어 씁쓸했겠지만 나는 지금 달콤하고 시원한 과일 맛 음료를 마실 수 있다. 적어도 돈만큼은 날리지 않았잖아? 작은 행운을 시험해 보는 것뿐이다.

포켓몬 빵도 비슷한 마음가짐으로 뜯는다. 예의상 띠부씰 포장지에 대고 노크를 한다. 똑똑똑. 세레비

거기 있지? 믿는다?(세레비는 시세가 6만 원이니까 그냥
한번 불러 본다.)

종이를 뜯자 등장한 이는 야도란. 그럴 수 있지.

시세를 찾아본다. 0.4(4000원)다. 사진을 찍은 뒤 거
래 앱에 올린다. 나는 하나도 아쉽지 않다. 이건 수학
이며 경제다. 1500원짜리 빵을 사 먹었는데 4000원
받고 띠부씰을 팔면 2500원의 시세차익을 보는 것인
데 이걸 어떻게 안 사 먹어. 빵의 맛도 나쁘지 않다.
한 끼 해결하기에 양과 가격도 적당하다. 무엇보다
샤카 주스와 함께 먹으면 무적의 조합이다.

야도란 띠부씰 판매 글을 올리기 무섭게 사겠다는
메시지가 왔다. 집 근처 어린이 공원에서 현금 직거래
를 하기로 했다.

띠부씰을 팔러 간 놀이터에는 거대한 미끄럼틀이
정중앙에 우뚝 자리했다. 초등 2~3학년으로 추정되
는 아이들 무리가 그 미끄럼틀 앞에 모여 있다.

놀이터가 희한하다. 그네가 없고 시소가 없으며 트
램펄린과 뱅뱅이가 없다. 잠시 앉아 쉴 수 있는 벤치
도, 땀을 식혀 줄 나무 그늘도 없다. 더러워진 손을 닦
거나 목을 축일 식수대 역시 없다. 이 동네에서 6년을

살았지만 집 주변에 이런 곳이 있는지 오늘 처음 알았다.

홀로 달랑 서 있는 미끄럼틀은 아이들이 타는 기구라는 게 믿어지지 않을 만큼 높고 컸다. 완만하지만 오르려면 한참이 걸리는 경사면 20도의 계단. 반대편으로는 60도 곡선으로 기울어진 가파른 원형의 관 통로. 외관은 언뜻 독특해 보이지만 기구는 오로지 미끄럼틀 본연의 기능에만 충실하다. 주의를 분산시키는 구름다리도, 그물 로프도, 나무 절벽 군데군데 솟은 플라스틱 암벽도 없다.

계단을 오른다. 미끄럼틀을 타고 내려온다. 끝. 더없이 깔끔하고 심플한 구조다. 미끄럼틀은 그야말로 미끄럼틀 그 자체였다.

다만 아이들이 미끄럼틀을 타고 놀지 않는 모습이 기이했다. 아이들은 미끄럼틀의 계단과 원형 통로 두 곳에 양분되어 골똘한 얼굴이다. 구멍 끝 주위에서만 맴돌며 구경한다. 미끄럼틀 꼭대기 계단참에 삼삼오오 모여 떠들고 웃는다. 바닥으로 떨어지는 구멍에 바짝 붙어선다. 어떤 아이는 한숨을 푹푹 내쉰다. 어떤 아이는 기쁨에 겨운 함성을 지른다. 그러다가도 순식간에 조용해진다.

내가 미끄럼틀의 분위기에 압도당한 사이 개구진 목소리가 뒤에서 들려온다.

"혹시 야도란 거래하러 오셨어요?"

아무리 어린이여도 다짜고짜 반말을 내뱉기는 좀 쑥스럽다. 네 맞아요, 이거. 말하며 야도란을 건넨다. 어린이는 씰을 쨍한 햇빛에 비추며 확인한다. 캐릭터 반지갑에서 짤랑거리는 동전 여덟 개를 센 다음 그것을 내게 쥐어 준다. 어차피 5백 원은 ATM에 입금도 안 된다. 내일 이 돈으로 샤카 주스 네 개 사야지.

야도란을 가져간 어린이는 미끄럼틀로 직행했다. 바닥에 울퉁불퉁 돌기가 솟은 철제 계단을 오른다. 한 계단 한 계단 디딜 때마다 작고 귀여운 발에서 통통통 쇳소리가 울린다. 미끄럼틀은 여전히 아이들이 타고 놀기에는 무리인 듯 보였다. 계단은 완만하나 챌면이 없어서 단과 단 사이가 휑하게 뚫려 있다. 자칫 잘못하면 작은 발이 계단 사이로 빠지거나 넘어져 큰 사고로 이어질 것 같은데 야도란 어린이는 겁도 없이 잘만 올라간다. 야도란 어린이의 앞과 뒤로 이어지는 행렬도 인상적이다. 아이들은 각자 손에 물건을 하나씩 쥐고 있다.

열을 맞춰 철제 계단을 올라가는 모습을 지켜보다

가 작년 가을에 주이정과 함께 갔던 개악산이 떠올랐다. 정상 봉우리에 있는 댈댈바위를 만지며 소원을 빌면 만사형통 잘 풀린다는 전설이 전해져 내려온다. 그즈음 나는 출근하는 지하철 안에서 2주에 한 번씩 과호흡이 왔다. 중간에 내려 청심환을 사 먹고 진정시키다 보면 30분씩 지각을 했다. 그런 날에는 집중도 힘들고 속도 좋지 않아 화장실을 자주 들락거린다. 구토와 설사를 번갈아 한다. 점심도 거르고 변기에 앉아 꾸벅꾸벅 존다. 아무래도 나는 한 직장에서 2년 이상 일하면 죽는 병에 걸린 것 같다. 잘 좀 버티고 싶어서 영양제를 먹고 운동을 하고 마음 수양을 해도…… 2년 무렵만 되면 졸리고 힘들고 아프다.

주이정의 상황도 다르지 않았다. 작년까지 닭띠가 나가는 삼재였다. 변리사 시험을 여러 번 봤지만 잘 안 풀렸다. 3개월 사귄 인플루언서 남자 친구에게 잠수 이별당했다. 나중에야 그놈이 양다리, 아니 세 다리였음을 알게 됐는데 그것도 누군가 네이트 판에 폭로해서 알았다. 주이정의 구남친이 제일 추잡스럽게 망한 것 같긴 한데, 소름 돋는 건 그놈 또한 닭띠였다.

"자려고 눈 감으면 자꾸 생각이 나고 눈물 나고. 약 먹어도 잠이 안 와. 오늘도 두 시간 자고 공부하러 가는 중."

주이정이 그런 얘기를 전화로 두 시간 동안 떠들 때 나는 음 소거 모드로 티브이를 봤다. 이럴 시간에 차라리 잠을 자려고 시도해 보는 건 어떨까?라고 생각하는 내가 너무 쓰레기 같았지만. 아이고, 힘들었겠다. 무미건조한 말을 내뱉었다. 그땐 나도 힘들어서 어쩔 수 없었다. 티브이에서는 젊은 CEO 부부가 나와 개악산 정상에서 인터뷰를 했다. 여자가 말했고 나는 자막을 읽었다. 바위를 만지고 나서부터는 하루에 열일곱 시간씩 일해도 힘들지 않았어요. 오히려 일할 수 있음에 감사했어요. 다음엔 남자 차례였다. 바위 덕분에 제가 이렇게 훌륭한 분과 결혼했잖아요. 정상에서 이이랑 책도 읽고 차도 마시고 명상도 하다가 노을 질 무렵 내려가려고요. 행복합니다. 하하하.

주이정과 나는 댈댈바위를 만지러 개악산에 갔다. 안개인지 구름인지 모를 뿌연 수증기들을 헤치며 바위 봉우리로 향하는 지옥의 계단을 철컹철컹. 주이정과 나는 식은땀을 흘리며 걸었다. 앞서 오르던 사람들과의 거리가 점점 벌어졌다. 우리 뒤로는 느린 속도를 답답해하는 사람들이 줄줄이 소시지였다. 오르기 시작한 계단은 무를 수도 없었다. 주저앉고 싶었다.

아니면 엉금엉금 기어서 오르고 싶었는데 뒤에 있는 사람들에게 민폐가 될까 봐 그러지도 못했다. 문득 내려다본 발밑은 절벽 낭떠러지였다. 아득했다. 헛발질 한 번이면 바로 나가떨어질 것 같았다. 손바닥이 하얗게 질릴 정도로 난간을 꽉 잡았다. 꾸역꾸역 울면서 올랐다.

정상에 도착해 바위를 만졌을 때 무슨 소원을 빌었더라? 생각이 안 나는 걸 보아하니 소원이 이뤄지지 않은 게 분명하다. 무시무시한 계단을 죽을 둥 살 둥 올랐던 기억만 뚜렷하다.

야도란 초등학생은 미끄럼틀 상층부에 도달했으나 통을 타고 내려오지 않는다. 내게서 사 간 야도란만 구멍 속에 집어넣는다. 나는 띠부씰 위에 그 어떤 포장도 해 준 바가 없다. 저렇게 막 굴리면 하자가 생길 텐데. 모든 물건은 하자가 있으면 똥값이 된다. 그게 세상 이치다. 쓸데없이 남 걱정을 하다가 머쓱해져서 코를 문지른다.

갈 길을 가려고 돌아서는데 밑에 있던 아이들이 소리를 지른다. 세레비 나왔어, 세레비! 미쳤다. 세레비라는 소리를 듣고 위에 있던 야도란 어린이는 흥분하며 계단을 내려온다. 나 역시 세레비 때문에 발꿈치가 요동친다. 아이들이 모여 있는 미끄럼틀 아래쪽으로 향한다.

흥분 뒤에 이어지는 고요한 전율이 아이들을 감싼다. 야도란 어린이는 성체를 받드는 천주교 신자처럼 세레비를 두 손 위에 올려놓고 경건하게 구경한다. 그러고는 오피피 접착식 봉투로 섬세하게 포장한다. 가방 안에서 콜렉트 북을 꺼내 조심조심 끼워 넣는다. 얘들아, 방금 그거 뭐야? 내가 문자 옆에서 구경하던 초등학생이 답한다. 이거 띠부띠부 미끄럼틀인데요.

다음 차례의 아이가 내려보낸 물건이 구멍에서 떨어졌다.

이번엔 아이패드였다.

함성 소리가 세레비 나왔을 때보다 세 배 커졌다.

물건을 굴렸던 아이가 돌아와서 기종을 확인한다. 심지어 프로였다.

방금까지 의기양양했던 세레비 친구(구 야도란 친구)는 아이패드 친구에게 자격지심이 생겼는지 이렇게 말한다. 야 김시우, 너 설마 아이폰 굴린 거야? 아이폰과 아이패드의 격차보다 야도란과 세레비의 간극이 더 크고, 이는 곧 자신이 더 운이 좋은 사람임을 어필하고 싶어 하는 것처럼 말이다. 그러나 아이패드 친구의 이어지는 대답은 기대를 저버렸다. 엥? 나 물통 굴렸는데?

그 말을 들은 순간 야도란 초등학생의 눈동자에 아주 잠깐 슬픔의 기색이 스쳤다. 아이는 쓸쓸한 얼굴을 빠르게 숨기고 과장되게 웃는다. 그리고 축하해 준다. 안타까웠지만 한편으로는 이런 종류의 감정을 포착하고 재빨리 가면을 쓰는 초등학생이 신기했다.

다음 차례 아이에게서 나타난 물건은 감자였고 아무도 관심을 주지 않았다. 아이가 굴린 물건은 알코올중독자 아빠의 위스키였다고 한다. 자기 물건 굴리긴 죽도록 싫었던 모양. 나는 위스키 이름을 묻는다. 아이는 말한다. 몰라요. 포기하지 않고 병이 어떤 모양인지 재차 묻는다. 아이는 기억을 더듬으며 답한다. 초록색에 길었어요. 가운데에 17이라고 쓰여 있었던 것 같기도.

아이들 눈에 무서워 보였을지 모르겠지만 나는 광인처럼 중얼거린다. 이거다, 이거야. 댈댈바위는 추상적이라 믿을 수 없었어. 인과관계를 파악하기 힘들었지. 바위를 만졌기 때문에 매달 노동 없는 180을 받게 된 건지. 180을 받을 참에 때마침 바위를 만진 건지,

잘 기억은 안 나지만 내가 빈 소원은 180과는 전혀 관련 없는 내용이었던 것 같아. 그런데 미끄럼틀은 내가 물건을 굴리면 곧바로 다른 물건이 나오잖아? 샤카주스와 포켓몬 빵처럼 가시적이며 구체성을 띠는 세계. 내가 좋아하는 세계.

나는 놀이터 바닥에 양반다리를 하고 앉는다. 벤치가 없으니 별수 없다. 미끄럼틀 아래에서 누군가 버리고 간 연필을 줍는다. 노트를 품에 안고 올라가는 초등학생을 발견한다. 그 애에게 한 장만 찢어 달라고 부탁한다. 나는 타율을 기록하는 야구 분석 기록관처럼 몰두한다.

잘만 분석하고 파악해서 도전하면 실패할 확률을 줄일 수 있지 않을까. 수익성 높은 물건들이 많이 나오면 예상보다 오래 누워 지낼지도 모르겠어. 가슴이 두근거린다.

종이 위에 표를 그려 넣었다. 아이들이 들고 올라간 물건. 파이프를 통과한 후 변형되어 나오는 물건들을 비교하며 기록했다. 옆에는 비고란도 따로 마련했다. 아이들이 굴릴 때의 표정이나 마음가짐. 자잘한 기타 정보들을 썼다. 딱히 분석하기 위해 적는 건 아니다. 진짜 아니야.

들어간 물건	나온 물건	경제적 효과	태도	비고
아도란 띠부씰	세레비 띠부씰	+	진심	포켓몬 수집가. 노력하는 슬픈 어린이.
물통	아이패드	★잭팟★	무지성	될 놈 된다.
위스키	감자	–	욕심 많음	아빠 발렌타인 몰래 굴려서 엄부로 돌아온 듯.
마이쮸	말랑카우	=	진심	말랑카우 나왔는데 진심으로 기뻐해서 애잔함.
(중략)				
노트	긁지 않은 복권	?(미정)	썩은 표정	나한테 노트 찢어 줘서 부정 탔다고 생각하나?
리코더	클라리넷	+	마비 상태	이미 100번 넘게 굴리고 있다고 함. (아멘)

앞뒷면의 여백이 사라질 때까지 표를 채웠으나 규칙성은 발견되지 않았다. + 횟수와 – 횟수를 계산해서 수열식을 만들고 함수 그래프도 그렸지만 쓸데없는 짓이었다. 단순 랜덤이었다. 돈 안 드는 가챠 내지는 물물교환 가챠였다. 종이를 구겼다. 시간 낭비했다.

저녁밥 먹을 시간이 되자 아이들이 하나둘 자리를 뜬다. 집에서 3시에 나왔는데 벌써 6시다. 평소라면 30분 걸리는 산책인데, 오늘 너무 걸었다. 무리하게 머리를 썼다. 안팎으로 운동량이 많았다. 집에 가서 누워 있다가 만반의 준비를 하고 다시 오자. 밤이 깊어지면 아이들도 별로 없으리라 생각한다. 그때 마음

놓고 굴려야지.

누워 지내지만 어쨌든 나도 이런저런 할 일들이 많았다. 한 달에 180만 원을 여섯 번에 걸쳐 받기 위해 서류를 어마어마하게 뗐다. 그 과정도 든적스럽고 고단했는데 서류가 통과되고 나서는 더 번거롭고 성가신 일들투성이다. 고용노동지청에 방문해 멍 때리며 강의를 들었다. 한 달에 한 번씩 나를 뽑아 줄 리 없는 기업에 이력서를 넣었다. 조금이라도 채용 가능성이 있는 회사에 지원해 덜컥 붙었다간 180만 원 지급이 중단된다. 채용 공고가 뜬 대기업 중 가장 티오가 적으며 연봉이 높은 곳을 골라 이력서를 넣는다. 4월은 삼성SDI, 5월은 GS칼텍스, 6월은 롯데칠성. 오늘도 7월의 이력서를 넣어야 한다.

설렁설렁 누워서 하면 된다. 자기소개서는 복사, 붙여넣기를 하면 금방 끝나고.

주이정이 무선 선풍기와 유산균을 준다고 해서 도서관에 잠깐 들렀다. 공짜 공부, 공짜 영화, 공짜 강의, 공짜 책, 공짜 책상과 의자……. 나는 공짜 파티 도서관이 마음에 든다. 누워 있는 게 지겨워지면 도서관이나 다녀 볼까 한다. 과연 그런 날이 올까 싶지만. 게시판에 걸린 7월의 공짜 행사들을 살펴본다. 무료 영화 상영은 7월 14일 3시 30분. '썸머 필름을 타고!' 체크. '권혜영 작가와의 특별한 여름 만남. 7시 30분.' 패스. '몸속의 노폐물을 배출하는 림프 마사지 교실.' 7월 5일 개강. 이건 끌리는걸? 하지만 아뿔싸. 날짜를 놓쳤구나. 아쉬워하고 있는데 자습실 문을 열고 나온 주이정과 눈이 마주친다.

우리는 엘리베이터를 타고 옥상정원에 올라갔다. 건물의 반을 차지한 공간 한편에는 인조 잔디도 있고, 벤치도 있고, 나무와 꽃도 있다. 하늘은 구름 한 점 없이 투명하다. 주이정은 여름 오후 6시의 풍경을 담은 사진들을 한 장 한 장 찍었다. 잠깐만 쉬고 있어. 나 이것만 마저 찍을게? 그렇게 말하고는 벤치에 앉아 업로드용 사진을 찍는다. 형광펜으로 떡칠한 상표법 문제집과 10h 36m 13s에 정지된 스톱워치, 그리고 무선 선풍기와 유산균을 한 구도 안에 욱여넣는다.

의무적으로 올려야 하는 공부＋광고 협찬 인증 사진을 다 찍고 나자 주이정은 넋이 나갔다. 내가 사진 찍어 줄까? 하고 영혼 없이 물었더니 주이정이 자동적으로 포즈를 취했다. 앉아서 다리 꼬고 여섯 컷, 귀에 꽃을 꽂고 나무 앞에서 얼빡샷 여덟 컷, 청량한 하늘을 향해 두 손을 힘차게 뻗은 전신 샷 열 컷.

주이정은 내가 찍어 준 스물네 장의 사진 중에서 마음에 드는 A컷 사진들을 신중히 선별한다. 주이정은 공스타와 일상스타 계정을 굴리는데 둘이 합쳐 팔로워가 2만 명이라 협찬 제품이 제법 들어온다. 공부 계정으로는 공부 관련 물품과 영양제가, 일상 계정으로는 의류, 액세서리, 화장품이. 솔직히 용돈벌이 그이상이라 별다른 직업 없이 계정만 굴리며 살아도 생활이 가능하지 않을까 싶다. 하지만 주이정은 그렇게 생각하지 않는다.

"세상에 인플루언서가 얼마나 많은지 알아?"

주이정이 사진첩에서 시선을 떼고 햇볕이 반짝이는 회양목 군락을 고갯짓으로 가리키며 말했다. 저기 보이는 나뭇잎들보다 많겠다. 주이정이 계속해서 말했다. 난 제대로 된 직업을 가져 보고 싶어. 직장인 신용으로 은행 대출 받아서 전세자금 마련해 보고 싶어. 카드 빚 갚느라 마지못해 회사 다녀 보고 싶어. 나한텐 은행이 신용카드도 안 만들어 줘.

할 말이 없어진 나(무직, 30)는 주이정에게 꼬부기 빵과 미지근해진 샤카 주스를 내민다. 같이 먹을래? 당연하게도 주이정은 거절한다. 나도 예의상 물은 거다. 소보로빵을 그 자리에서 세 번 씹고 삼킨다. 샤카 주스도 한입 들이켜니 끝이다. 쓰레기통에 휙 버리는데 주이정이 물끄러미 보다가 묻는다. 너 살면서 50킬로그램 넘어 본 적 없지? 나는 말했다. 잘 안 재고 살아서 모르겠는데. 주이정이 중얼거린다. 부럽다 부러워. 내가 황당해서 덧붙인다. 장난해? 너 팔뚝을 봐, 지금. 50킬로그램은 네가 안 넘지. 주이정이 반박한다. 야, 우리 처음 봤을 때 나 75였던 거 기억 안나? 너처럼 먹으면 나는 금방 다시 쪄.

덥다. 일어나자. 내가 말하자 주이정이 10분만 더 쉬다 가자며 붙잡는다. 공부하기 싫어서 저러는 것 같다. 실내 휴게 공간으로 들어와 땀을 식힌다. 나는 트위터에 접속해 타임라인을 내린다. 알티 추첨 이벤트 글들에 마음을 찍는다. 주이정은 인스타에 올릴 사진을 못 고른다. 내가 보기엔 그 사진이 그 사진인데. 애써 모른 척하며 할 일을 한다. 마음함에 들어가 받고 싶은 물건들을 리트윗한다. 기계식 키보드와 블루투스 헤드셋. 주이정은 넉 장의 사진들을 가려낸 뒤 일상용 인스타에 업로드한다. 나는 마음에 드는 이벤트를 추가로 발견한다. 젊은 트로트 가수에게 생방송 문자 투표를 한 다음 아이디와 함께 해시태그 및 인

증 사진을 올리면 추첨 후 한 명에게 QLED 티브이를
준단다. 저녁 9시에 알람을 맞춰 놓는다.

주이정은 다른 인플루언서들의 인스타를 염탐한
다. 호텔 파인다이닝 사진, 수영복 차림으로 외국 해
변에서 찍은 사진, 갤러리에서 전시 관람하는 사진.
주이정은 3분도 채 지나지 않아 도서관 옥상정원에
서 찍은 사진들을 삭제한다. 주이정이 손으로 눈가를
훔치며 중얼거린다. 다시 태어나고 싶어. 그러고는 자
리를 털고 일어난다. 이제 공부하러 갈게.

주이정은 자기 자신을 사랑하지 않는 걸까. 닭띠
구남친과 그런 일이 있고 난 후부터는 자존감이 바닥
을 치는 것 같다. 오늘만 해도 도서관과 옥상정원을
드나드는 여자와 남자 들이 주이정을 한 번씩 곁눈질
하며 지나갔는데. 내가 5만 번쯤 알티해도 당첨될까
말까 할 물건들을 협찬으로 수도 없이 받으면서. 내가
주이정이었으면 협찬 물품이랑 광고료 받으면서 빈
둥빈둥 누워 있을 텐데. 뒤돌아서 걷는 주이정을 바
라본다. 앙상한 견갑골이 티셔츠 속에서 꿈틀거린다.
나는 말했다.

"댈댈바위보다 더 근사한 곳을 발견했는데 같이 가
지 않을래?"

각자 할 일을 하다가 밤 10시에 만나기로 했다. 집에 돌아오니 벌써 저녁 7시다. 땀에 전 옷을 벗고 찬물로 샤워했다. 침대에 드러누워 이력서와 자기소개서를 썼다. 기존에 썼던 문서를 불러들여서 지원하는 회사의 문서 틀에 맞게 고쳤다. 토익 680. 컴활 있음. 면허 있음. 유학이나 해외 인턴 경력 없음. 별 볼 일 없는 이력들과 재미없고 지루했던 그간의 삶을 더하고 덜 것도 없이 적나라하게 쓰다가 헛웃음이 났다. 재미없고 지루한 자기소개를 쓰다가 혼자만 재밌어지는 이 기분을 아는가. 모르긴 몰라도 맞춤법과 띄어쓰기를 꽤 틀렸을 것 같다. 난 떨어져야 하니까 상관없다. 이번에 지원한 곳은 샤카 주스를 만든 영원유업이다.

오늘은 평소만큼 못 누워 있어서 조금 피곤하고 속상했지만 그래도 괜찮아. 내게는 더 멋진 기회의 미끄럼틀이 저곳에 있다. 주이정도 미끄럼틀을 보고 마음이 좋아지기를 바랄 뿐이다.

대형 폐기물용 마대 자루에 필요 없는 물건들을 담았다. 커피와 홍찻물이 착색된 더러운 텀블러. 실밥 터진 반지갑. 철 지난 달력과 다이어리. 낡고 후줄근해진 옷과 가방. 10년을 지니고 있어도 닳는 법이 없는 색조 화장품. 필기구. 전구 나간 스탠드. 20대 때 정말 좋아했던 아이돌 웨이브스의 해마 굿즈들까지. 온 집 안을 헤집어 놓으니 한 자루 가득 나왔다. 짐을 정리하는 도중에 알람이 울렸다. 젊은 트로트 가수에게 문자 투표를 했다. 나도 다른 관점에서 보면 제법 성실한 인간이다.

식섭 늘고 살 자신이 없어서 관리실에 얘기하고 카트를 빌렸다. 짐도 짐이지만 미끄럼틀에서 부피가 큰 물건이 나올 수도 있으니 그것에도 대비해야 한다. 내 짐을 본 주이정은 당황하며 묻는다. 뭐 해? 야반도주야? 반면에 주이정의 짐은 종이 쇼핑백 하나 정도로 간소했다. 뭐 가지고 왔어? 물으며 주이정의 쇼핑백 안을 들여다봤다. 대개가 광고를 마친 협찬 제품이었다.

밤에는 사람이 없으리라고 생각한 건 오산이었다. 미끄럼틀이 있는 놀이터 쪽으로 갈수록 가로등 불빛이 점점 환해졌다. 음식을 볶고, 굽고, 끓이는 냄새도 났다. 아득하게 음악 소리도 들렸다. 우리와 비슷한 차림새를 한 사람들이 배낭이나 캐리어를 한가득 짊어지고 그쪽으로 가고 있었다. 슬리퍼를 질질 끌고서 말이다. 나를 따라오던 주이정이 조금씩 밝아지는 거리와 몰려드는 인파를 보며 말했다. 야시장이라도 열렸나?

미끄럼틀. 낮에는 어린이들의 파친코였다면 밤이 깊어지니 어른들의 꿈동산이다. 어딘가 황폐하고 기괴했던 파친코는 화려하고 반짝이는 꿈동산으로 변모했다. 공원 주변에 왜 미끄럼틀만 있었던 건지 이제야 납득이 간다.

아무것도 없이 휑했던 자리에는 손님이 돈을 주면 주인이 미끄럼틀에 굴릴 물건을 건네는 이동식 전당포가 생겼다. 아이스크림과 메밀 소바, 닭꼬치와 케밥, 칵테일과 생맥주를 파는 포차 트럭들도 군집을 형성했다. 돗자리를 깔고 미끄럼틀에서 굴려야 될 물건을 점지해 주는 역술인도 있었는데 사기꾼 같았다.

스테인리스 재질의 미끄럼틀에는 알록달록 네온사인이 지직거리는 소리를 내며 켜졌다. Ddibu Ddibu Lucky Random Slide라는 글자가 라임색으로 반짝거렸다. 글자 주변으로는 그림이 빼곡했는데 홍학, 젠틀맨, 야자수, 맥주잔, 햄버거가 무작위로 배치되어 있었다. 미끄럼틀을 오르는 계단 손잡이에 앵두 같은 조명들이 주렁주렁 달려 있었다.

세상에 미끄럼틀 높이 좀 봐. 주이정이 걱정하며

말하길래 동의했다. 그치? 나도 저거 보고 댈댈바위 가던 길 생각했는데. 우리는 조악한 앵두 조명 탓에 난간을 잡을 수 없었다. 대신 서로의 손을 꽉 잡고 올랐다.

사람들이 밀려 있는 게 오히려 안심이 되었다. 계단의 경사도 우려와는 달리 완만했다. 계단은 오르는가 싶으면 어느 구간에서 5~10분 정도 정체가 됐고, 가만히 서서 멍 좀 때려 본다 싶으면 다시 빠르게 우르르 올라갔다. 놀이 기구 기다리는 것 같았다.

미끄럼틀을 타고 내려오지만 않으면, 그리고 계단을 오르다 무심코 아래를 내려보지만 않는다면. 개악산처럼 무섭지도 않고 기대만 잔뜩 된다. 미끄럼틀이 산만큼 높지도 않고 말이다.

상층부에 도착했고 드디어 내 차례가 왔다. 자루에서 텀블러를 꺼내 굴릴 준비를 했다. 어른들의 놀이터는 아이들이 이용할 때보다 체계적이었다. 놀이터 입구에서 받은 미끄럼틀 설명서를 읽었다. 미끄럼틀은 한 번 오를 때마다 한 사람당 5분의 시간이 주어진다. 제한 시간 안에 물건을 마음껏 굴릴 수 있었다.

어른들은 시간과 동작을 최소화하는 대신 미끄럼틀을 통해 최대의 효율을 얻고자 연구했다. 그 결과

상층부 구멍 옆에 발전기로 연결된 벨 버튼이 설치됐다. 버튼을 누르면 앰프 스피커에서 띠리리띠리리 소리가 난다. 그러면 형광 조끼를 입은 안전 요원이 아래쪽에서 초록색 경광봉을 흔든다. 카운트다운이 시작되었음을 알리는 행동이다.

나는 규칙에 따라 버튼을 눌렀다. 소리가 울리자 요원이 경광봉을 흔들었다. 텀블러를 굴렸다. 하층부 구멍으로 떨어지는 물건은 큼지막한 전광판 화면으로 실시간 중계가 되어 빠른 확인이 가능했다. 더러운 텀블러는 새로 출시된 스타벅스 텀블러로 변모했다. 그래 봐야 텀블러는 텀블러다. 좋다고 해야 할지 싫다고 해야 할지 판단이 안 섰다. 이상하게 긴장되기 시작했다.

이번에는 재작년 달력을 굴렸다. 2023년도 업무 수첩이 나왔다. 5년 전에 썼던 다이어리를 굴리자 도시락 통이 나왔다. 스탠드를 굴렸다. 잠시 후 전광판 화면에 크록스 슬리퍼가 나타났다. 굴리면 굴릴수록 묘하게 기분이 가라앉았고, 한편으로는 간절해지기 시작했다. 좋지 않은 징조였다. 주이정은 눈치 없이 뒤에서 약을 올렸다. 저것들 다 사무용품 아냐?

어느덧 다섯 번째 물건이었다. 가방을 품에 끌어안

고 빌어 본다. 소중하게 오래 가지고 다녔잖아. 나는 잘 대해 줬다고 생각해. 너만큼은 실망시키지 말아 주라. 지극한 손길로 가방을 쓰다듬다가 내려보냈다. 고가의 독일산 영양제 30일분이 나왔다.

물건들을 일일이 확인하고 보니 시간이 얼마 안 남았다. 나는 전광판을 외면하고 남은 물건들을 서둘러 굴린다. 마지막 하나 남은 해마 굿즈를 굴리는 동시에 마감을 알리는 신호음이 앰프 스피커에서 울려 퍼진다.

굴러떨어진 물건들에 승복하지 못한 사람들은 때때로 비디오 판독기마저 돌려 보는 듯했다. 나는 변해 버린 나머지 물건들을 들여다봤다. 긴장 완화 아로마 스틱. 청심환. 핸드크림. 인덱스와 포스트잇. 마우스 패드와 방석. 물품들을 조목조목 따져 본 나는 하나도 기쁘지 않았다. 불길하다, 불길해. 주이정이 했던 말처럼 사무실 책상에나 두고 쓰면 제격일 사물들이어서 기분이 나빴다.

돗자리 역술인 할머니가 다가오더니 내게서 나온 물건을 구경한다. 그리고 말을 건다. 일복이 있네. 두 손 가득 밥그릇을 들고 있는 게 보여. 그럴 필요까진 없었는데. 순간 욱했나 보다. 할머니에게 쏘아붙인다.

아닌데요? 저 일복 없는데요?

어쩌다 운때가 맞아서 실업급여를 받고 있지만 지지난 직장에서는 계약기간을 다 채운 권고사직이었는데도 못 받았다. 내가 일을 하며 얻었던 건 불안장애와 안정제 복용하는 일상이지. 인복이건 재복이건 무슨 복이 많았던 적은 결코 없다.

자루에 들어 있던 옛 물건들이 주마등처럼 스친다. 진짜 필요 없는 물건들이 맞았을까? 철 지난 달력에는 특정 날짜 위에 동그라미를 쳤을 것이다. 중요한 약속 또는 일정이 있을 때면 그 아래에 붉은 글씨로 적었다. 별표를 쳐 가면서. 업무 수첩과 다이어리는 또 어떻고. 내가 지난 시간 기를 쓰고 살던 흔적들이 모두 남아 있다. 웨이브스의 해마 굿즈들도 아주 오랜 시간이 흐른 후에 꺼내어 보면 아름다운 추억일 텐데.

안전 요원이 갑자기 호루라기를 크게 불었다. 다음으로 물건을 굴릴 사람은 주이정이었다. 무슨 문제라도 생긴 건가. 뒤를 돌아봤다. 요원이 초록색 경광봉을 내리고 붉은색 경광봉을 다급하게 휘둘렀다. 아래쪽 사람들이 웅성거렸다. 위쪽 사람들은 소리쳤다. 아아, 사람은 거기 들어가면 안 돼. 주이정은 물건이 아닌 자신을 굴려 보낸 것이다.

"주이정 너 지금 무슨 짓을 한 거야. 거길 들어가면 어떡해."

사람들이 탄식했다. 아이고 일 났네. 물체가 미끄럼틀을 통과하는 시간은 가속도의 법칙으로 인해 극히 짧다. 그러나 1분이 흘러도 5분이 흘러도 미끄럼틀은 고요했다. 빠져나오는 것 하나 없었다. 큰 화면으로 보면 뭐가 보일까 싶어 나는 전광판으로 고개를 돌렸다. 화면상으로는 아무것도 보이지 않았다.

나는 아래쪽에 모여 있던 사람들을 밀치고 주이정을 찾기 위해 미끄럼틀 구멍의 역방향으로 진입을 시도했다. 주변 사람들이 필사적으로 막았다. 제발 귀한 미끄럼틀에서 위험천만한 짓 좀 하지 마세요. 요원은 경고하며 내 팔을 결박했다. 일반 시민들 중에도 내 편은 한 명도 없었다. 오히려 요원을 도와 몸을 못 움직이도록 다리를 붙들었다.

나는 사람들에게 제압당했다. 몸은 엎드린 채 머리만 구멍 안으로 간신히 끼워 넣을 수 있었다. 구멍 속을 들여다봤다. 아무것도 없었다. 끝이 가늠되지 않는 어둠이 곡선 모양으로 구불구불 위를 향해 뻗어나갔다. 물체가 이 어둠을 통과하고 나면 돌이킬 수 없이 다른 형태가 되어 버리고 만다. 나는 시커먼 어둠을 향해 처음이자 마지막으로 소리쳤다. 주이정!

메아리가 되돌아왔다. 얼마 지나지 않아 구멍 안에서 다른 소리가 들렸다. 나 여기 있어. 소리의 감도가 멀지 않았고 그건 주이정의 목소리가 분명했다. 어딨어, 주이정. 제발 돌아와. 내가 말하자 또 소리가 들렸다. 주이정 여깄다. 나는 소리를 더듬으며 그 어느 때보다 눈과 귀를 활짝 열었다. 다시 한번 말해 줘. 그러자 주이정이 평소에 즐겨 듣던 노래를 흥얼거렸다. 노래에 집중하자 내 눈이 어둠에 적응했다. 구멍 안에서 물성을 지닌 어둠이 팔랑거렸다. 나는 손을 뻗어 그 어둠을 잡았다.

주이정은 오션뷰 풀 빌라 호텔의 조식 포함 2인 숙박권으로 변해 버렸다.

확인차 다시 물었다.

"이게 진짜 주이정이라고?"

빳빳한 재질의 종이가 꿈틀거렸다. 종이에서는 실제로 주이정 목소리가 났다. 나도 대혼란이니까 그만 좀 물어봐. 주이정이 말할 때마다 종이 위의 글씨들이 미세하게 일렁였다.

그토록 샤카 주스를 사재기할 때는 나올 기미도

없던 숙박권과 이런 식으로 만난다.

주이정의 뒤에 서서 차례를 기다리던 사람들은 기분을 잡쳤다며 물건을 굴리지 않고 도로 내려왔다. 사람들이 우리를 향해 눈을 흘겼다. 상인들과 점술인도 한마디씩 보탰다. 김샜다, 공쳤다, 투덜거리며 장사를 접었다. 요원들은 미끄럼틀에 설치했던 각종 기기들을 정리했다. 화물트럭에 싣고 철수했다. 사람들이 떠난 놀이터에는 나와 주이정, 아니 나와 호텔 숙박권만 남았다.

"너 목숨이 여러 개야? 뭐로 변할 줄 알고 그런 짓을."

종이 몸이 된 주이정이 말했다.

"이세계로 떨어지길 원했는데 숙박 티켓도 생각보다 나쁘지 않네."

나는 티켓, 아니 주이정을 손에 들고 미끄럼틀의 계단을 성큼성큼 올랐다. 사람이 더 심한 궁지에 몰리면 고소공포증 같은 건 싹 잊게 되는 것 같다. 안전이 허술한 계단 위를 두세 칸씩 뛰어다녀도 아무렇지 않았다. 주이정은 종이 안에서도 모든 걸 감각하는 모양이다. 나를 보고 물었다.

"뭐 하려고?"

나는 걸음을 멈추지 않고 답했다.

"원래대로 돌려놓을 거야. 너 나올 때까지 밤새 굴릴 거야."

"이것도 나야."

"너는 너겠지만 나한테는 네가 아냐."

"굴렸는데 다른 형태만 계속 나오면?"

"평생 매일을 굴릴 수도 있어."

"그러지 말고 이왕 이렇게 된 거 우리 호텔이나 놀러 가자. 가고 싶었잖아."

"그건 경우가 아니야."

주이정은 티켓 모서리를 날카롭게 세우며 내 손바닥을 콕콕 찌른다. 종이가 거부할 수 없는 제안을 한다.

"다녀와서 굴리면 되잖아. 나도 이 기회에 오션뷰 풀 빌라나 가 보자."

꿈에 그리던 호텔에 왔지만 마음이 편치 않다. 이게 맞나 싶다. 프런트에서 소심한 태도로 숙박권을 보여 주자 직원은 티켓을 가져가려고 했다. 나는 티켓을 두 손으로 붙잡았다. 살면서 이런 행운에 당첨된 게 처음이고 신기해서 제가 기념으로 좀 가지려는데요,

어떻게 안 될까요? 물었다. 주이정을 넘길 수는 없다. 안 된다고 하면 도망칠 작정이다. 직원은 매니저로 보이는 사람과 잠시 이야기 나누더니 나를 향해 친절하게 미소 지었다.

"전자 기록으로 남으니까 티켓은 가지셔도 됩니다. 축하드려요."

안내받은 호수의 객실 문을 열자 침실이 아닌 응접실이 등장했다. 좋은 시간 되세요. 직원은 말하고 문을 닫았다.

두 공간이 분리된 객실에서는 처음 묵어 본다. 불을 켜려고 스위치를 누르자 커튼이 자동으로 열렸다. 하늘과 물의 경계가 모호한 남해의 넓고 푸른 수평선이 통창 바깥으로 펼쳐졌다.

나는 창가에 서서 입을 다물지 못했다. 주이정도 보라고 통창 유리에 티켓을 밀착시켰다. 위에서 바라본 모래 해변은 푹신한 러그 같았고 군데군데 솟은 기암절벽은 목침 같았다.

밀려드는 파도는 서핑하거나 수영하는 사람들을 러그 쪽으로 데려다줬다. 바다 쪽으로 나아가려는 사람들조차 자연의 섭리에 의해 파도가 육지 방향으로 실어다 준다. 사람들은 바다로 나아가려던 마음을 고

이 접고 목침이나 러그 위에 드러눕거나 주저앉았다.

"야, 저 사람들 끝내준다." 주이정이 감탄했다.

대리석 테이블에는 스파클링 와인과 웰컴 과일 바구니가 놓여 있다. 붉은색 애플망고를 하나 들어 본다. 냄새만 맡고 다시 제자리에 놓는다. 칠링된 술병을 들어 본다. 볼에 대 보며 냉기와 물기를 동시에 느끼다가 이 또한 제자리에 둔다. 주이정이 안 먹고 뭐하는 짓이냐고 묻는다. 나는 헤헤, 웃으며 대답한다. 우리 몫이 아닌 것 같아서. 주이정이 말한다. 우리 먹으라고 준 게 맞는 것 같은데. 나는 볼에 묻은 물을 손으로 닦아 내며 말한다. 착오가 있었다고, 돌려달라고 하면 어떡해. 비싸 보이는데 무턱대고 먹었다가 환불해 달랄까 봐 겁이 나.

수영복은 마련하지 않았다. 수영복처럼 보이는 옷을 입고 물놀이를 했다. 어차피 방에 딸린 수영장이라 다른 사람을 의식하지 않아도 되는 점이 좋았다. 한 시간 동안 물 위에 누워서 둥둥 떠다니다 보니 몸이 으슬으슬 추웠다. 풀에서 나와 자쿠지 욕조에 들어갔다. 뜨거운 물로 찜질했다. 수영하는 동안에도, 욕조에서 반신욕하는 동안에도, 나는 주이정과 함께였다. 종이가 물에 젖으면 잘못될까 걱정이 들어 방

수 팩에 보관했다. 나는 욕조 내벽 숭숭 뚫린 분사구에 몸을 착 붙였다. 상반신 전체가 지압이 되는 기분. 혼자만 황홀해져서 주이정에게 미안했다. 문득 생각나서 물었다.

"멜멜바위에서 소원 빌었던 거 기억나?"

주이정은 방수 팩 안에서 종이를 한 번 팔랑거리며 대답했다. 응, 기억나. 나는 물었다. 그때 무슨 소원 빌었어?

"힘들게 올라왔는데 금방 내려가야 했잖아. 그래서 고통 없이, 슬픔 없이 내려가게 해 달라고 빌었어."

"진짜 그런 소원을 빌었어?"

"너는?"

"네 말을 들으면 나도 기억이 날까 해서 물어봤는데 별로 기억이 안 나네."

"누워 있게 해 달라고 빌지 않았을까."

"그랬으려나."

체크인을 한 지 열 시간이 지났는데 환불 요청은 들어오지 않았다. 나는 안도했다. 술과 과일은 우리 것이 확실해졌다. 반으로 가른 백향과 과육을 티스푼으로 떠먹었다. 과일 맛 주스가 아닌 진짜 과일이었다. 주이정에게 물었다. 너도 줄까? 먹을 수 있어? 주이정은 당연히 거절했다. 여기 있으면 하나도 배고프지 않아. 식단 관리하려는 게 아니라 진짜로 그래.

와인을 땄다. 주이정은 비록 마시지 않았지만 두 잔 가득 술을 채웠다. 형식적인 건배를 했다.

술 한 병을 혼자 다 마셨다. 알딸딸한 데다 처음 누려 보는 분위기에 취해 평소보다 수다스러워졌다.

"종이 속에 있는 건 어떤 기분이야?"

주이정은 오래 침묵하다가 어렵게 입을 뗐다.

"네가 부러워할 수도 있겠는걸."

"괜찮아 말해 봐."

"솜사탕처럼 푹신하고 따듯한 감촉이 내 온몸을 감싸. 나는 궁극적으로 누워 있는 기분이 들어. 네가 왜 맨날 누워 있고 싶다 했는지 이제야 이해가 가. 졸리다. 나는 이제 잘게."

주이정은 종이 안에서 살게 된 후 불면증이 고쳐졌다.

며칠 후 찾아간 놀이터에는 바리케이드가 설치돼 있었다. '위험'과 '진입 금지'라는 경고 문구가 써진 붉은색 팻말 두 개가 각각 미끄럼틀 계단 입구와 출구 앞에 세워져 있었다. 나는 바리케이드를 거뜬히 넘었다. 팻말을 가볍게 무시하며 미끄럼틀 위로 올라갔다.

꼭대기에서 한동안 시간을 보냈다. 걸터앉은 스테인리스 바닥이 뜨겁게 데워질 때까지. 두 다리는 구멍 안으로 뻗은 채였다. 결심이 섰고 주이정에게 말했다. 이제 너를 굴려 볼까 해. 주이정이 종이를 들썩거리며 말했다. 간만에 누워서 푹 쉬었는데 이대로 변하려니 조금 아쉽네. 나는 통 속에서 발목을 까닥거리며 물었다.

"누워 있는 건 생각보다 좋지?"

"그렇더라고."

핸드폰 케이스 뒷면에 보관해 뒀던 주이정을 꺼내려는데 메시지가 떴다. 잠시만. 나는 수신함을 열었다.

[Web 발신]

[영원유업 마케팅부 경력직 서류 결과 안내]

안녕하세요, 영원유업 인사과입니다.

귀하가 이번 지원해 주신 본사의 하반기 경력직 채용 서류 전형에 합격하셨습니다.

자세한 면접 안내 사항은 이메일을 확인해 주시기 바랍니다.

감사합니다.

알 수 없는 일이었다. 문자를 다 읽고 나자 댈댈바위를 만지며 빌었던 소원이 떠올랐다.

지치지 좀 않게 해 주세요.

나는 주이정을 손에 든 채 미끄럼틀의 어둡고 깊은 구멍 속으로 천천히 몸을 밀어 넣었다.

당신이 기대하는 건 여기에 없다

오늘 나는 3교대 근무의 마지막 조였다. 밤 10시까지 매장에서 옷을 갰다. 집에 돌아오니 자정이 넘은 시각이었다. 엄마 아빠는 항상 10시 전에 잠들었기 때문에 이즈음이면 집 안은 늘 어둡고 조용했다. 배가 고파서 뭔가를 차려 먹을까 했지만 참았다. 내일은 새벽 근무라 일찍 일어나야 했고 먹고 자면 속이 더부룩해질 것 같았다. 옷을 갈아입고 바로 누웠다. 씻어야 되는데. 베개에 머리를 대자마자 곯아떨어졌다.

　화재경보 소리를 듣고 잠에서 깼다. 실눈을 뜨고 핸드폰으로 시간을 확인했다. 새벽 3시에 소방 훈련을 하는 아파트는 어디에도 없을 것이다. 나는 피곤에 찌든 몸을 억지로 일으켰다. 짜증이 섞인 목소리로 엄마를 부르며 안방으로 갔지만 아무도 없었다. 화장실 문도 열어 보았다. 깜깜했다. 집에는 나 혼자였다. 내가 퇴근한 줄 모르고 둘이서만 대피한 건가.

사이렌이 시끄러워서 귀를 막았다. 코를 큼큼거렸지만 유독가스 냄새는커녕 탄내조차 나지 않았다. 밖으로 나갈지 말지 고민스러웠다. 전에도 이런 일이 몇 번 있었다. 한번은 단순 기계 오류였고, 다른 한번은 17층에서 삼겹살을 굽다가 환기를 제대로 하지 않아 생긴 오작동이었다.

현관문을 열고 고개만 조금 내밀었다. 복도에서는 연기 비슷한 것도 보이지 않았다. 쩌렁쩌렁 울려 퍼지는 금속성의 사이렌 소리만이 가득했다. 마침 옆집 사람들이 나왔다. 남자는 아기를, 여자는 강아지를 안고 있었다. 초면이었다. 두 달 전에는 그 집에 노부부가 살았다. 그 사람들의 얼굴을 떠올리려 했는데 잘 기억이 나질 않았다. 어차피 옆집은 2~3년에 한 번씩 사람이 바뀌었다. 젊은 부부가 반대편 비상계단 출입구로 향했다. 문 틈새로 주민들이 웅성거리며 계단을 바삐 내려가는 모습이 보였다.

모두가 대피하는 걸 목격했는데 혼자만 안에 있자

니 내 속에 깃든 군중심리가 그것을 허락하지 않았다. 방에 들어가 핸드폰과 지갑을 챙겼다. 헛걸음하는 게 싫어서 다용도실에 있던 재활용 쓰레기들을 상자에 담았다. 밖에 나가는 김에 분리수거라도 하고 오자. 두 시간 반. 잔 시간을 속으로 되뇌며 계단참으로 몸을 옮겼다.

비상문이 둔탁한 소리를 내며 닫혔다. 등 뒤에서 전해지는 공기가 서늘했다. 발뒤꿈치를 들고 위층으로 향하는 계단과 아래층으로 향하는 계단을 번갈아 쳐다봤다. 어느새 사람들이 전부 빠져나간 모양인지 오르내리는 기척이 없었다. 나만 늑장을 부린 걸까 봐 못내 불안해졌다. 게다가 우리 집은 20층이나 되었다. 서둘러야 했다.

계단은 턱이 높고 가팔랐다. 똑같은 계단이 열 번쯤 반복되었을 때 한 층을 이루는 계단의 칸이 총 몇 개인지 세어 보았다.

서른다섯 칸.

1층까지 도달하려면 총 700칸을 내려가야 하고, 시간은 10분에서 15분쯤 걸릴 것이다. 머릿속으로 시뮬레이션을 돌려 봤다. 로비에 도착하자 해프닝이었음이 확인된다, 욕을 하며 분리수거를 한다, 엘리베이터를 타고 집까지 올라간다, 도착 예상 시간은 3시 30분에서 4시 사이, 다시 잔다. 출근 전까지 숙면 가능한 시간은 한 시간 반에서 두 시간, 앞서 잤던 시간을 더하면 적게는 네 시간, 많게는 네 시간 반을 잘 수 있다.

5분이라도 더 자고 싶었던 나는 두 칸씩 또는 세 칸씩 성큼성큼 내려가기 시작했다. 이 속도로 걸으면 10분 안에 도착 가능했다. 그러나 다섯 층 정도를 내려가자 금방 숨이 차올랐다.

위층에서 터벅거리며 걷는 소리가 사이렌을 뚫고 들려왔다. 귀를 기울여 보니 내 걸음의 리듬과도 비슷했다. 뒤따라오는 사람이 있다는 사실에 안도감이 들었다. 나는 걸음에 박차를 가했다. 위층에서도 걷는 소리가 동일한 박자로 반복되었다. 나는 더욱 속도를 냈다. 그러자 그 사람도 똑같이 속도를 냈다.

이번엔 반대로 속도를 줄였다. 위에서도 걸음이 더뎌졌다. 위층 사람과 나는 일정 거리 이상 멀어지지도 가까워지지도 않았다. 얼추 15층 정도는 내려온 것 같았다. 반 층계 아래에서는 다른 사람의 정수리가 보였다.

나는 정확하게 몇 층까지 내려왔는지 알고 싶었다. 하지만 사방을 두리번거려도 아무런 표시가 없었다.

아파트 내벽은 깨끗한 흰색이었다. 5층이면 5층, 2층이면 2층이라는 숫자가 저 벽면 어딘가에 존재해야 마땅했다. 찜찜했지만 계속 내려갔다. 두 다리를 쉴 틈 없이 움직였다. 그 와중에도 벽면에 주의를 기울이면서.

원래부터 이런 모양으로 지어진 걸까? 이런 건물도 있나? 평소에는 엘리베이터만 이용했고, 화재경보 오작동이 났을 때도 층수를 확인한 적은 없었다. 그래서 본래 이랬는지, 아니면 내가 귀신에 홀린 건지 알 길이 없었다.

정해 놓은 계획이 어그러질까 봐 조바심이 났다. 얼른 1층에 도착하고 싶었다. 화재인지 아닌지 상황을 파악하려면 밖으로 나가 봐야 한다. 불이 난 게 아니라면 다녀와서 조금이라도 눈을 붙여야 한다. 잠을 못 자면 일할 때 피곤하다. 사실 지금도 충분히 피곤했다.

이마와 겨드랑이에 땀이 맺혔다. 힘들었다. 종아리가 당겼다. 밤늦도록 매장과 재고 창고를 수십 번씩 왔다 갔다 했다. 매대에 널브러진 수백 벌의 옷들을 하루 종일 접었다. 계산대로 밀려드는 상표 바코드를 스캔했다. 그렇게 돈을 벌어서 아파트 관리비를 냈다.

한 번도 미납한 적이 없는데 이런 식으로 나오면 곤란했다.

차라리 불이 활활 타올랐으면 좋겠다. 계단 안이 시커먼 연기로 자욱해졌으면 좋겠다. 죽지 않을 정도로만 플라스틱 타는 냄새를 들이마시고 싶다. 그 핑계를 대고 당분간 결근할 수 있을지도 모른다. 손에 들린 분리수거 상자를 들여다보았다. 찌든 때가 묻은 식용유 한 통이 눈에 들어왔다. 밑바닥에 기름도 소량 남아 있었다. 다만 라이터가 없었다. 잠을 못 자서 그런지 판단력이 흐려졌다.

엄마 아빠는 15년 동안 아파트 대출금을 상환했다. 마지막 3년은 나도 같이 갚았다. 그동안 많이 낡긴 했지만 이제야 온전히 빚 없는 우리 집이 됐는데. 당장 나 일하는 것이 힘들다고 그런 철없는 생각을 해서는 안 된다. 연기 냄새가 안 나는 걸 보면 어차피 진짜 화재는 아닌 것 같았다. 확신이 들었다.

몇 시인지 보려고 주머니에 있던 핸드폰을 꺼냈다. 3시 30분이 넘었으면 1층 내려가는 것을 포기하고 다시 자러 갈 생각이었다.

0시 0분.

뭐래. 혼잣말을 중얼거리며 핸드폰의 전원을 껐다

가 다시 켰다. 달력 앱을 실행했다.

0000년 00월 00일.

망가진 건가. 계단은 왜 끝이 없는가. 가족들은 어디 있는가. 나는 최근 통화 기록으로 들어가 엄마 번호를 찾아 눌렀다. 전화기를 귀에 댄 채 층계 난간에 가슴을 붙였다. 허리를 기울여 아래를 내려다보았다.

계단 아래 계단, 그 아래 다시 또 계단. 끊임없이 이어지는 계단의 구렁텅이였다. 발밑으로 펼쳐진 공간의 밑바닥이 가늠되지 않았다. 보이는 것이라고는 나보다 아래에 위치한 사람의 검은 머리통. 그리고 가운데로 수렴하는 계단뿐이었다. 통화 연결음은 들리지 않았다. 나는 계단으로부터 시선을 거두고 핸드폰을 살폈다. 액정 화면의 상단 바에 통신이 불가능하다는 그림이 깜빡였다.

"저기 혹시 지금 몇 층인지 아는 분 계실까요?"

누구든 상관없었다. 아무나 답을 주길 기대하며 큰 소리로 외쳤다. 그러고 보니 위층과 아래층에서도 발소리가 끊긴 지 오래였다.

"사람이 있었군요."

"여기 왜 이래요?"

뚱딴지같은 대답들만 돌아왔다. 목소리도 어느 쪽

에서 들리는지 분간이 가지 않았다. 다시 한번 물었다.

"몇 층인지 아무도 모르나요?"

침묵뿐이었다. 다들 당황한 것 같았고, 그건 나도 마찬가지였다. 사이렌 소리만 내처 울렸다.

"핸드폰 되세요?"

"아니요."

"먹통인데요."

만나서 얘기하는 수밖에 방법이 없었다. 머리를 맞대고 계단의 수렁에서 빠져나갈 궁리를 해야 했다. 나는 올라가기보다 내려가는 쪽을 선택했다. 아래층의 정수리를 눈으로 좇으며 달렸다. 전력 질주했다. 그러자 위층과 아래층도 덩달아 뛰었다. 세 개의 구두 굽 소리가 층계를 채웠다. 뜀박질을 하면서 다급하게 말했다.

"잠깐만요. 제가 내려갈게요. 움직이지 말아 주세요."

부탁한 뒤 다시 달렸다. 발바닥에 땀이 나도록 뛰었다. 스무 개째의 계단참을 맞닥뜨렸지만 거리감은 여전했다. 나와 아래층 정수리 사이의 거리는 물리적으로 전혀 좁혀지지 않았다. 그들의 발소리도 그대로였다. 각자의 위치가 평행 상태를 이루었다. 쉼 없이 뛰어도 메워지지 않는 게 꼭 내 지갑 속에 들어 있는

카드 빚 같았다.

첫 월급을 탔을 때만 해도 지갑 속에는 체크카드
한 장밖에 없었다. 엄마 아빠가 선물을 달라고 했다.
원래 그렇게 하는 거라고 했다. 그래야 앞으로 돈을
잘 번다고 했다. 그것도 몰랐냐고 나를 타박했다. 급
료의 4분의 1을 선물을 사는 데에 썼다. 그래도 120만
원이나 남았다.

5년 만에 핸드폰을 바꿨다. 취업 버킷 리스트 1순
위였다. 요금이 전보다 두 배 올랐다. 구직 중인 친구
들에게 취직 턱도 쐈다. 일주일에 두 번씩 술을 마셨
다. 그때마다 택시를 탔다. 친하거나 친하지 않은 사
람들이 주말마다 결혼을 했다. 친하면 10만 원, 친하
지 않으면 5만 원씩 부조금을 냈다. 입을 옷이 없어서
직원 할인가로 옷을 여러 벌 샀다.

마지막 주가 되자 통장 잔고에 2만 원이 찍혔다.

두 번째 월급을 받았다. 할머니 생신이었다. 엄마
가 선물을 사 놓으라고 했다. 원래 그렇게 하는 거라
고 했다. 이제 돈을 버니까 사람 구실을 해야 한다고
타일렀다. 나는 급료의 6분의 1을 선물을 사는 데 썼
다. 그래도 133만 원이나 남았다.

2년 만기 적금통장을 개설했다. 유럽이나 북미로 여행을 가고 싶었다. 취업 버킷 리스트 2순위였다. 매달 30만 원씩 부었다. 두 배로 오른 핸드폰 요금이 빠져나갔다. 엄마 아빠는 중국 계림으로 부부 동반 여행을 갔다. 그럴 때 용돈을 주는 것도 사람 구실이라고 했다. 월급이 나흘 만에 반토막 났다.

옷을 개고, 바코드를 찍었다. 재고 정리를 하고, 매출 전표를 만졌다. 계산 실수가 나와서 시말서를 썼다. 고객 응대를 잘못해서 시니어에게 혼이 났다. 속상해서 친구들과 술을 마셨다. 일주일에 두 번씩 혼났다. 술에 취해 새벽 할증이 붙은 택시를 탔다.

친하거나 친하지 않은 사람의 부모님이 주말마다 돌아가셨다. 친하면 10만 원, 친하지 않으면 5만 원씩 부조금을 냈다. 엄마 아빠는 또 부부 동반 여행을 갔다. 이번엔 대마도였다. 나는 마트에 가서 혼자 장을 봤다.

마지막 주가 되자 통장 잔고가 3만 원이 되었다.

세 번째 월급을 받았다. 그달은 어버이날이 껴 있었다. 나는 신용카드를 만들었다.

2년 동안 지각 한 번 하지 않고 회사를 다녔다. 시니어가 되었고, 월급이 20만 원 올랐다. 엄마 아빠한

테 자랑했다. 독립하면 어떻겠냐고 물었더니 같이 내
자고 했다. 나는 기대감에 차서 뭘 내는 거냐고 물어
봤다.

"아파트 리모델링비랑 관리비."

나까지 보태면 숨통이 트일 것 같다고 했다. 나는
체리색 몰딩의 방 문짝, 노란 장판, 변색된 벽지, 아무
리 닦아도 지워지지 않는 화장실 바닥의 곰팡이 등
을 곰곰이 생각하며 뜸을 들였다. 아빠가 말했다.

"우리 죽으면 이거 다 네 거다."

나는 만기된 적금으로 유럽 여행을 떠나는 대신
집 내부를 수리했다. 엄마가 알려 준 계좌로 아파트
관리비를 냈다. 연체 없이 성실하게 납부했다.

반짇고리를 찾으려고 안방 화장대의 두 번째 서랍
을 열어 본 어느 날이었다. 내용증명이 한가득 쌓여
있었다. 지방법원에서 온 등기우편이었다. 받는 사람
이 온통 내 이름이었다. 나는 겉봉을 찢어서 내용물
들을 읽었다. 관리비가 연체되었으니 기한 내에 납부
하지 않으면 손해배상을 청구한다는 소장, 변론 기일
을 통보하는 안내문, 판사의 지급명령 정본. 나는 엄
마에게 이게 다 뭐냐고 물었다.

"입주자 대표가 관리비를 횡령하고 있었어. 우리는

지금 그걸 밝혀내는 중이야."

나는 그동안 진짜 관리단이 아닌 입주민 비상대책위원회의 계좌로 관리비를 냈던 것이다.

일한 지 5년째였다. 처음보다 월급을 30만 원 더 받았다. 그런데도 지난달 쓴 카드값과 보험금, 세금을 내고 나면 통장에 30만 원밖에 안 남았다.

지금 내게는 신용카드가 다섯 장 있다. 다 빚이다.

너무 뛰었더니 가슴이 저렸다. 누군가 내 폐를 꽉 움켜쥔 것처럼 아팠다. 사람이 너무 짜증 나면 때로는 눈물이 난다. 나는 울먹이면서 소리쳤다.

"장난칠 때예요? 움직이지 마시라고요. 제가 내려간다고요."

"그쪽 내려오고 저 올라가는데 무슨 상관이에요. 둘 다 움직이면 더 빨리 만날 텐데."

돌아오는 대답도 울분이 서려 있었다. 그 후 다른 목소리들이 연이어 메아리쳤다.

"저도 내려가고 있다니까요. 제발 움직이지 마세요."

"아니 올라오시라고요."

"왜 제자리걸음인 것 같죠?"

누가 누구에게 말하는 건지 종잡을 수 없었다. 아

래층 정수리가 올라온다는 건지 위층 사람이 내려온다는 건지 구분하기 힘들었다. 교통정리가 필요했다.

"올라오는 분은 어디쯤 계시나요. 내려온다는 분은 거기서 보이는 정수리가 어떻게 생겼는지 설명 좀 해 주시겠어요?"

내가 묻자 위아래에서 다음과 같은 불평들이 쏟아졌다.

"정수리를 어떻게 설명해요? 정수리가 다 똑같지."

"여기가 몇 층인지도 모르는데 제가 그걸 어떻게 압니까. 당신은 알아요? 여기가 어딘지?"

듣고 보니 모두 맞는 말이었다. 방법을 모색하려고 주변을 둘러봤다. 사면이 꽉 막혔다. 비상계단인데 창문이 하나도 없었다. 소름 돋는 건물이었다. 있는 거라곤 돌고 돌아도 끝이 없는 층계와 난간뿐이었다. 나는 땀과 눈물로 범벅이 된 얼굴을 닦고 말했다. 콧물은 차마 풀 수가 없어서 외칠 때에 코맹맹이 소리가 조금 났다.

"전 여러분들 사이에 있단 말이에요. 가운데 사람입니다."

"무슨 소리 하시는 거예요. 제가 가운데예요."

"저도 가운데인데요."

나는 걷기를 멈췄다. 이런 식이면 이 사람들과 평생 못 만난다. 막막했다. 갇혀 죽으라고 고의로 만들어 놓은 공간 같았다. 계단 벽에 등을 붙이고 주저앉았다. 나는 할 말을 잃었다. 다른 사람들이 머뭇거리며 한마디씩 보탰다.

"그럼 저희 셋보다 훨씬 많은 사람들이 내려가는 중인가요?"

"그런데 전 왜 한 사람도 못 마주쳤죠?"

좋은 생각이 떠올랐다. 인간은 역시 호모사피엔스다. 죽으라는 법은 없었다. 나는 손에 들고 있던 분리수거 상자를 바닥에 내려놓았다. 빈 맥주 캔을 꺼내서 발로 짓이겼다. 깡통이 납작하게 찌그러졌다. 아래로 던질 준비를 했다.

"밑으로 깡통 하나를 던질 거예요. 잘 지켜보세요. 발견하는 사람이 제 기준 아래층 사람이겠죠?"

"좋아요."

"해 봅시다."

사람들의 호응이 괜찮았다. 어디선가 희미하게 박수 소리도 났다. 나는 눈을 질끈 감았다. 두 손으로 맥주 캔을 부여잡고 기를 불어넣었다. 심호흡을 하고 캔을 아래로 던졌다.

한참을 기다렸다. 물체가 바닥에 도달하는 소리는 들리지 않았다. 사이렌만 우렁찼다. 아래를 쳐다봤다. 바닥의 골이 깊었다. 계단의 직선들이 밑으로 이어지며 무수히 많은 사각형을 만들어 냈다. 사각형은 아래로 갈수록 줄어들어 점으로 변했다. 끝에서 맺히는 소실점이 새까맸다. 검은 점이 가운데로 한없이 몰려들었다. 어지럼증이 났다. 정수리가 홍분하며 말했다.

"봤어요. 방금 떨어졌어요."

얼마 지나지 않아 위층에서도 말했다.

"저도 봤어요."

위층? 그렇다면 가장 위층에 있는 건 바로 나인가. 착각을 한 건가. 머릿속이 번잡해서 이마를 짚은 순간이었다. 그들이 본 것을 나도 봤다. 방금 던진 맥주 캔이 눈앞에서 빠른 속도로 낙하했다. 터무니없는 일이었다. 이번엔 식용유 병을 던졌다. 마찬가지였다. 물체들은 시간차를 두고 위에서 아래로 반복적으로 떨어졌다.

계단에만 골몰하느니 아파트 내부를 확인해 보는 편이 낫겠다는 생각이 들었다. 서로를 구할 수 없으면 스스로를 구할 수밖에 없었다. 그들도 나처럼 복도에 들어가서 살펴보기로 했다. 실마리가 보이면 서로에게 소리쳐서 방법을 알려 주기로 약속했다. 그게 최선이었다. 나는 층계참의 비상문을 열고 안으로 들어갔다.

걸음을 옮길 때마다 센서 등이 차례대로 켜졌다. 나는 복도를 두 번이나 가로질렀다. 첫 번째 마주한 문에도, 모퉁이 끝에 자리한 문에도 호수는 쓰여 있지 않았다. 엘리베이터가 생각나서 달려갔다. 아래로 향하는 화살표 버튼을 눌렀다. 버튼에 불빛이 떠오르지 않았다. 검지로도 눌러 보고 엄지로도 눌러 봤다. 먹통이었다. 여러 번 짓눌렀다. 주먹을 쥐고 쾅쾅 쳤다. 마찬가지였다.

복도 쪽으로 발길을 돌렸다. 아무 집에나 문 앞에 가서 섰다. 교회는 다니지 않았지만 속으로 주기도문을 외웠다. 꿈이라면 깨게 해 달라고 빌었다. 초인종을 눌렀다.

안에서는 어떠한 응답도 없었다. 화재경보 스피커에서 사이렌 소리만 내쳐 울렸다. 나는 문을 두드리며 외쳤다.

"제발 저 좀 살려 주세요. 구해 주세요."

이와 같은 행동을 아래층 복도에 가서도 시도했고,

그 아래의 아래층, 아래의 아래의 아래층의 복도에서
도 시도했다. 어느 층을 가든 똑같았다. 숫자 표시가
없는 방화문들만 길게 늘어서 있었다. 굳게 닫힌 문
들을 향해 고함쳤다.

"아무도 없나요?"

아무도 없었다. 무의 극치였다. 무슨 일이냐고, 괜
찮은지 물어 오는 사람이 한 명도 없었다. 강아지 한
마리 짖는 소리조차 안 들렸다. 텅 빈 건물 안에서 울
려 퍼지는 사이렌, 그리고 나의 비명 소리만이 다시
내게로 돌아왔다.

많은 시간이 흘렀다. 몇 분, 몇 시간, 며칠의 차원
이 아니었다. 그동안 지하 900층은 더 파고 들어가도
남을 만큼 계단을 내려왔다. 어느 순간이 지나고부터
는 내려온 계단의 수를 세는 것조차 포기했다. 누가
알겠는가. 어쩌면 몇 년이 지났을지도 모른다.

이렇게 일그러진 공간에서 시간이라는 개념이 과
연 소용이나 있을까. 단지 내가 이곳에 존재할 뿐이다.

화재경보 소리가 멈춘 것은 꽤 오래전이었다. 사이
렌이 끊긴 후 건물 안에서는 지독한 정적이 흘렀다.
그런데도 나는 가끔씩 이명이 들려서 손가락 끝으로

귓구멍을 쑤시곤 했다. 또다시 울린 이명에 귀를 후비고 있을 때 갑자기 높은 데시벨의 잡음이 퍼졌다. 양손으로 귀를 덮어 고막을 보호했다. 노이즈와 함께 어떤 남자의 목소리가 스피커를 통해서 흘러나왔다. 나는 막고 있던 귀를 풀고 주의를 기울였다.

"관리실에서 알려 드립니다. 잠시 동안 화재경보기의 오작동이 있었습니다. 빠른 속도로 대처해 주신 여러분들의 성숙한 주민 의식에 깊이 감사드리며 동시에 사과의 말씀을 전합니다. 각자의 집으로 돌아가셔서 평안한 밤 보내시길 바랍니다."

방송은 두세 번 연이어 반복되었다. 나는 구두를 벗었다. 발목 뒤쪽의 살갗이 까져서 피가 났다. 새끼발톱에는 물집이 맺혔다. 손톱 끝으로 누르자마자 투명한 진물이 터졌다. 어째서 이딴 걸 신고 나온 걸까. 나는 천장에 달린 스피커를 향해 벗어 놓은 구두를 힘껏 내던졌다. 스피커는 꼼짝도 하지 않았다.

그때부터였다. 나는 아무것도 하지 않았다. 올라가지도 내려가지도 않았다. 뭔가를 시도해 보고 싶다는 마음이 내 안에서 전부 빠져나갔다. 위층 사람은 속는 셈 치고 한번 올라가 보겠다고 선언했다.

"더는 내려오지 않을 거예요. 올라가기만 하려고요."

나는 머무르겠다고 했다. 행운을 빌며 작별 인사를 나눴다. 위층 사람이 계단을 오르는 소리가 들렸다. 그가 나는 강해, 나약하지 않아 따위의 말들을 중얼거렸다. 말소리는 점점 아득해져 갔다.

아래층 정수리는 내려간다고 해 놓고는 얼마 지나지 않아서 끙끙거리며 올라왔다. 마음이 바뀌었다고 했다. 정수리는 오르락내리락, 왔다 갔다 하며 같은 자리를 맴돌았다. 시간이 더 흐르자 그는 갇힌 공간에서 운동을 시작했다.

"하나, 둘, 하나, 둘. 왼발, 오른발, 왼발, 오른발."

구호에 맞춰서 빠르게 걷거나 느리게 뛰었다. 심지어 토끼뜀도 했다. 아래를 내려다볼 때마다 그의 정수리가 통통 튀었다. 그 안에서 할 수 있는 운동은 다 했다. 벽에 기대어 물구나무서기도 했고 플랭크, 스쾃, 런지도 했다. 미련해 보였다. 내가 물었다.

"안 지쳐요? 우리 걸을 만큼 걸었잖아요."

정수리는 현실을 받아들이기로 했단다. 이 안에서도 마음만 먹으면 얼마든지 긍정적으로 살 수 있다는 것이다. 산티아고 순례며, 히말라야 트래킹이며, 일부러 돈을 지불하고 경험하는 세상인데 얼마나 좋은 기회냐고 반문했다.

"오스카 와일드는 말했죠. 시궁창 속에서도 누군가는 별을 바라본다고요."

기적의 논리였다. 나는 바닥에 퍼질러 누웠다. 가만히 있으니까 잠이 쏟아졌다. 언제나 잠이 부족했다. 자주 피곤했다. 근무일에는 옷을 갰고, 휴무일에는 잠만 잤다. 한꺼번에 몰아서 자도 피로는 가시지 않았다. 일하는 날만 되면 어김없이 병든 닭처럼 졸렸다. 그래서 세 시간에 한 번씩 타우린 성분이 든 음료를 마셨다.

잠이 들기 전에 문득 이런 생각이 들었다. 어쩌면 나는 누군가의 꿈에 등장하는 사람인지도 모른다. 상상이 만들어 낸 허구의 인물일 수도 있다. 그럴수록 아무것도 하지 말아야겠다는 생각이 확고해졌다. 바깥의 누군가는 이런 나를 보며 어떡해야 할지 고민할 것이다. 죽이든지 살리든지 알아서 하길 바란다. 나는 이 문제에 대해 더 이상 판단하지도 관여하지도 않겠다.

카드 빚 갚는 것도 이제는 끝이다. 출근을 해야 한다는 강박이 사라지자 몸이 홀가분해졌다. 이어폰을 꽂고 노래를 틀었다. 비치 보이스의 베스트 앨범만은 유일하게 핸드폰 안에 파일로 저장해 두었다. 와이파이가 안 터져도 음악은 들을 수 있다. 시공간이 일그러져서 핸드폰 배터리가 닳지 않았다. 잘됐다. 비치 보이스라면 죽을 때까지 반복해 들을 만한 음악으로 손색이 없었다. 돈 워리 베이비. 찰랑거리는 멜로디에 덧씌워진 슬픈 목소리를 들으며 잠에 빠져들었다.

시간은 계속 고여 있었다. 잠에서 깨면 벽에다 낙서를 했다. 내 지갑에는 카드가 다섯 장이나 있었다. 카드 하나를 꺼내서 부러뜨렸다. 뾰족한 날로 벽을 긁었다. 생각나는 대로 문장을 새겼다.

"당신이 기대하는 건 여기에 없다."

여기까지 긁고 나자 배가 고팠다. 위에서 떨어지는 물체의 개수는 점점 증가했다. 공간 안의 다른 사람들이 원인을 규명하려고 던지는 것들이었다. 오래전의 나처럼 말이다. 다양한 종류의 물건들이 난간 사이로 폭포처럼 쏟아졌다. 빵 찌꺼기가 발견될 때도 있었고, 반쯤 남은 생수가 떨어질 때도 있었다. 나는 목표물을 발견할 때까지 난간의 틈을 주시했다.

스티로폼 도시락이 눈앞에서 빠르게 지나갔다. 비치 보이스의 3번 트랙 「아이 겟 어라운드(I Get Around)」를 한 곡 반복 재생으로 설정했다. 그걸로 도시락이 순환하는 시간을 계산했다. 노래가 세 번째

돌았을 때였다. 나는 식량을 손으로 낚아채는 데에 성공했다. 뚜껑을 열어 보았다. 안에는 먹다 남은 만두와 단무지가 들어 있었다. 음식물을 입안에 욱여넣으며 나머지 문장들을 이어서 새겼다.

"그러니까 포기하고 어서 끝내도록 해."

그리고 잠을 잤다. 일어나면 다시 문장을 새겼다.

"질 것 같으냐."

벽을 긁다가 난간을 쳐다봤다. 먹을 것을 구했다. 핸드폰으로 노래를 들었다. 또다시 잤다. 때로는 자다가 이런 소리도 들었다.

"저기 혹시 지금 몇 층인지 아는 분 계실까요?"

내가 예전에 한 말과 토씨 하나 안 빼먹고 똑같았다. 나는 대꾸하지 않았다. 가만히 있기로 했으니까 말이다. 숨죽여 듣기만 하다 보면 여기저기서 같은 레퍼토리들이 쏟아졌다.

"사람이 있었군요."

"여기 왜 이래요?"

"몇 층인지 아무도 모르나요?"

아래층 정수리도 딱히 대답할 마음이 없는 것 같았다. 그는 여태껏 운동을 멈추지 않았다. 규칙적으로 뜀박질하는 소리만 들렸다. 나는 한쪽 입꼬리를 실룩거리며 카드 날로 글씨를 팠다.

"왜 이렇게 조악하고 허술하냐. 안 속는다, 바보야."

벽을 긁자마자 또 내가 한 말이 들렸다.

"밑으로 깡통 하나를 던질 거예요. 잘 지켜보세요. 발견하는 사람이 제 기준 아래층 사람이겠죠?"

크게 소리 내어 웃고 싶었지만 참았다. 최대한 없는 척을 해야 했다. 그들에게 발각되기 싫었다. 얼마 전에는 자살을 시도한 사람을 봤다. 그자는 계단 아래로 몸을 던졌다. 어리석은 짓이었다. 거대한 육체가 몇 번이고 거듭해서 허공을 맴돌았다. 그는 회전할 때마다 중상을 입었다. 난간 손잡이에 머리를 박거나 스틸 기둥에 다리가 꺾였다. 나는 그때 음식을 찾고 있었다. 추락 중인 그자와 눈이 마주쳤다. 그자의 눈빛이 내게 구해 달라고 애원하는 듯했다. 정작 죽지는 못하고 고통만 받는 모습이 안타까웠다. 하지만 나는 아무것도 안 하기로 굳게 다짐했다. 그자가 한없이 떨어지는 모습을 오랫동안 지켜봤다.

이곳에서는 죽고 싶다고 해서 마음대로 죽을 수도 없었다. 나는 죽음조차 체념한 지 오래였다. 잠깐의 안식이나마 얻으려면 눈을 붙이고 자면 된다. 내가 가짜일지도 모른다는 의심이 생긴 후부터는 자면서

꿈도 꾸지 않았다. 가고 싶은 곳도, 보고 싶은 사람도
없기 때문이었다.

곧 낙서도 그만두었다. 곡기도 끊었다. 비치 보이스
의 노래도 듣지 않았다. 행동을 최소한도로 줄였다.
앉아 있거나 누워 있었다. 깨어 있거나 잠을 잤다. 그
게 다였다. 지루함이 나를 갉아먹었지만 상관없었다.
이러다가 때가 되면 죽겠지. 그런 날이 오기는 할까.
모르겠다.

나는 여느 때처럼 멍하니 누워 벽면에 시선을 고정
했다. 별안간 아래층의 정수리가 비명을 질렀다.

"물이야!"

몸을 일으켜 아래를 쳐다봤다. 정말이었다. 빠른
속도로 검고 푸른 물이 차올랐다. 공중을 부유하던
물체들은 급류에 휩쓸려 순식간에 사라졌다. 건물
안이 온통 소용돌이치는 물바다였다. 위에서도 물이
폭우처럼 쏟아지기 시작했다. 나는 환호하고 싶은 충
동을 애써 눌렀다. 사람들은 내 마음과 같지 않았다.
절규와 욕설이 곳곳에서 터져 나왔다.

정수리는 오랜 기간 단련한 몸을 기민하게 움직였
지만 속수무책이었다. 물이 더 빨랐다. 발부터 잠기

더니 몸 전체가 격한 물살에 집어삼켜졌다. 허우적거리는 그의 정수리가 몇 번이고 떠오르다가 완전히 모습을 감춰 버렸다. 사위가 고요했다. 그는 익사한 듯했다. 부러웠다.

나는 수영을 못했다. 마음의 준비를 했다. 나쁘지 않은 결말이었다. 물에 얼른 가라앉기를 고대하며 눈을 감았다. 두 손을 가지런히 배 위에 두고 정자세로 누웠다. 온몸에 힘을 뺐다. 서서히 근육이 이완되었다. 발끝이 넘실거렸다.

믿기지가 않았다. 모든 게 잠겼는데 나만 물 위에 떴다. 전부 죽었는데 나만 살았다. 열심히 살아 보려고 아등바등 운동한 아래층 정수리도 죽었다. 독해질 거라고 장담했던 위층 사람도 없어진 지 오래였다. 아무것도 안 한 나만 남아 버렸다.

세상은 대개 이런 식으로 굴러가는 것 같다. 마네킹에 옷을 전시해 보라는 새 업무 지시를 받은 적이 있다. 잘하고 싶어서 몇 날 며칠을 끙끙거렸다. 이 옷도 대 보고 저 옷도 대 봤다. 입혔다가 벗겼다가를 반복한 끝에 완성한 결과는 처참했다. 본사로부터 A4 용지 두 장 분량의 수정 요청이 돌아왔다. 반대로 무심코 대충 해 놓은 디피에는 입이 마르도록 칭찬을 늘어

놓았다. 미니멀하다나 뭐라나.

잠수를 하려고 몸에 힘을 줬다. 일부러 발버둥을
쳤다. 가라앉는 것은 그때뿐이었다. 숨이 차오르기
시작하면 어김없이 몸이 물 위로 떠올랐다. 수면은 잠
잠해졌다. 이젠 화도 나지 않았다. 나는 물 위에 뜬 채
로 잠을 잤다. 다시 노래를 들었다. 비치 보이스의 「서
핑 유에스에이(Surfin' U.S.A.)」를 재생시켰다. 목이
마르면 주변에 널린 물을 마셨다. 물건들도 수면 위를
둥둥 떠다녔다. 먹을 것을 찾아보았다.

까맣게 변한 바나나가 옆으로 지나갔다. 껍질을 벗
겨서 한 입 베어 물었다. 눈가로 초파리가 날아왔다.
나만큼이나 생명력이 질겼다. 녀석이 자꾸만 알짱대
서 거슬렸다. 잡아채려고 했지만 내 손보다 훨씬 민첩
했다. 그렇게 움직여서 도망친 곳은 겨우 바나나 껍질
이었다. 날벌레의 삶도 참 안됐다는 생각이 들었다.
나는 껍질 위에 앉은 녀석 쪽으로 손가락을 가져갔
다. 벌레 위로 그림자가 졌다. 도망칠세라 얼른 눌렀으
나 역부족이었다. 초파리의 반응 속도는 빛보다 빨랐
다. 옛날에는 이 정도로 빠르지 않았다. 보이는 대로
꾹꾹 눌러서 손쉽게 죽였다. 어쩌면 사람들에게 질리
도록 학살된 탓에 그에 적응하여 진화된 걸지도 몰랐

다. 초파리는 번식력도 남달랐고, 피하는 속도는 거의 순간 이동을 하는 수준이었다.

벌레를 잡으려다가 손에 과즙만 잔뜩 묻혔다. 끈적거리는 손바닥을 물로 씻었다. 어느덧 수위도 제법 높아졌다. 나는 눈을 의심했다. 건물에 끝이 생겼다. 비상구 내부는 조만간 꼭대기까지 물로 채워질 것 같았다. 천장에 문이 하나 나타났다.

나는 문을 열지 않을 것이다. 이대로 고여 있으면 죽는 게 가능해 보였다. 건물에 물이 들어차면 뜰 수 있는 공간도 사라질 것이다. 물이 턱 끝에서 넘실거렸다. 이내 입술과 코까지 덮었다. 숨을 쉴 때마다 입과 코로 물이 들어왔다. 괴로웠지만 영원한 안식을 위해서 버텼다.

역시 이곳에서는 내 의지로 죽지도 못했다. 천장에 달린 문이 수압 때문에 열렸다. 나는 밖으로 내쫓기듯 나왔다. 옥상 위로는 푸른 하늘이 펼쳐졌다. 오랜만에 깨끗한 공기를 들이마셨다. 간간이 불어오는 바람은 적당히 시원했다. 주위를 둘러봤다.

하늘 아래는 아파트 단지만이 존재했다. 옥상의 지평선이 펼쳐졌다. 천편일률적인 건물들이 다닥다닥 붙어 있었다. 건물들은 간격도 높이도 전부 똑같았다. 나는 앞동을 유심히 쳐다봤다. 그곳에서도 출구가 열렸다. 사람 한 명이 물과 함께 쏟아지듯 빠져나왔다. 고개를 돌려 뒷동 쪽을 살폈다. 사람들이 멀거나 가까운 곳에서 걸어오고 있었다. 그들은 무리 짓지 않았다. 다들 혼자였다.

나는 그들의 행동 패턴을 관찰했다. 그들은 건물을 가로질러서 걷지 않았다. 직진을 모르는 사람들처럼 옥상을 한 바퀴 에둘러 걸었다. 사면을 훑으면서 밑으로 내려갈 방법을 찾는 듯했다. 사다리가 있었지만 땅까지 닿을 만한 길이는 아니었다. 문을 열고 비상계단이 멀쩡한지 들여다봤다. 그러나 건물 안은 예외없이 물이 넘쳐 났다. 계단에서 휩쓸려 온 물건들 중 쓸 만한 것들을 주워 갔다. 먹을 것이라든지 나무판자 같은 것이었다. 아파트와 아파트 사이에 판자를 덧대어 다리를 만들었다. 그러고는 다음 건물로 이동해서 또 같은 일을 반복했다.

방금 전 앞동에서 나온 사람은 건물 아래로 투신했다. 그가 몇 분 후에 다시 하늘에서 내려왔다. 익숙한 광경이었다. 구름을 가르며 계속해서 떨어졌다.

나는 그 자리에서 한 걸음도 움직이지 않았다. 대자로 드러누웠다. 아무렇게나 늘어뜨린 팔꿈치 밑으로 오돌토돌한 게 느껴졌다. 손가락 끝으로 그것을 더 듬었다.

당신이 기대하는 건 여기에 없다.

콘크리트 바닥에 새겨진 글자였다. 햇볕이 따가웠다. 나는 손등으로 눈을 가렸다.

여분의 해마

나는 라텍스 장갑을 끼고 해마의 포토카드를 한 장씩 살펴본다. 스탠드 불빛 아래에서 여러 각도로 사진을 기울인다. 접힌 흔적이나 스크래치가 없는지. 지문은 묻지 않았는지. 인쇄 오류는 없는지. 하자 없음을 확인한 포카는 오피피 봉투에 집어넣고, 바인더에 끼운다.

이 포카는 볼콕 해마. 세 번째 미니앨범의 B버전이며 시세는 4만 원에서 5만 원 사이다. 해마가 셀카 찍을 때 손가락으로 앙큼하게 볼만 안 찔렀어도 시세가 이토록 천장을 뚫진 않았을 텐데. 덕후 마음 다 똑같아서 나 역시 제일 갈망하던 포카였다. 열 장이나 앨범깡을 한 시점에도 나오지를 않아서 스트레스를 제법 받았지만 다행히 다른 멤버의 포토카드 두 장으로 교환을 구할 수 있었다.

다음 차례를 기다리는 해마는 첫 번째 정규앨범 활동 당시의 공방 포카다. 이건 양도하는 사람을 찾기가 어려웠다. 짬이 날 때마다 트위터와 번개장터를 서치했다. 파는 사람을 가까스로 발견했을 때에는 디엠으로 눈치 싸움을 했다. 10 어떠신가요? 내가 묻자 양도자는 대답이 없었다. 원하시는 가격 말씀해 주시면 최대한 맞춰 드릴게요. 그렇게 말하자 답장이 왔다. 방금 어떤 분께선 17까지 제시하셨습니다. 나도 뻔히 아는 시세인데 가격을 올려 치고 있었다. 시비를 걸까 하다가 관두고, 그럼 제가 준등기비 포함해서 17.5에 해 드리면 어떨까요? 제발요, 선생님. 사정했다.

바인더를 끝까지 채운 포카들을 보니 뿌듯하다. 어느 것 하나 힘들게 구하지 않은 게 없다. 내 돈과 시간의 집약체. 자산 가치를 추정하면 맥북 프로 한 대 가격 정도 된다. 해마가 별다른 사고만 치지 않으면 시세는 앞으로도 계속 오르겠지. 기분이 좋아진 나는 덕질 메이트인 윤하에게 포카 앨범 넘기는 영상을 찍어 전송한다. 그 아래에 다음과 같은 말을 남긴다.

─해마 포카 드래곤볼까지 네 장 남음.

윤하에게 답신이 왔다. 사진과 함께였다. 내가 보낸 영상 중 공방 포카 부분을 캡처한 것이었다. 손가락 모양 이모지가 해마의 이마 부분을 가리키고 있다.

─이거 혹시 하자 아니야? 환불해야 될 것 같은데.

얼굴이 화끈거리는 걸 느끼면서 17만 5000원을 주고 산 그 포토카드를 다시 꺼낸다. 사진 속 해마의 동그란 이마가 우글거린다. 아까 확인할 때만 해도 이런 거 없었는데. 만지작거리다가 바보처럼 상처를 냈나. 그런데 이마만 그런 것도 아니다. 나는 머리카락 사이에서도 미세한 빗금을 발견한다. 볼을 찌르고 있던 해마의 검지가 앞쪽으로 기이하게 휘어져 있다. 눈물을 삼키며 알코올 스왑으로 포토카드 표면을 살살 문지른다.

그러자 포카 위로 손가락 하나가 뽁, 하고 솟아오른다. 구멍이 뚫리면서 빳빳한 유광 재질의 종이가 찢어진다. 날이 선 종이에 손바닥이 베인다. 살갗이 벌어진다. 피가 흐른다. 티슈 한 장을 뽑아 피를 닦는다. 새하얗던 휴지가 금세 붉은색으로 젖어 든다. 아무래도 한 장으로는 부족할 것 같다. 더 뽑으려고 갑 안에 손을 집어넣지만 텅 비었다. 방금 것이 마지막

장이다. 새로운 티슈 상자를 가지고 돌아온 사이 내 침대 위에는 해마가 앉아 있다. 포토카드를 손에 들고 벙찐 얼굴을 한 해마와 그런 해마를 보고 당황해 버린 나.

"뭐야."

해마의 오늘 일정을 떠올린다. 찍덕들의 계정에 인천공항 입국 프리뷰 사진이 올라온 게 불과 20분 전이다. 컨버스를 맨발로 구겨 신고는 총총거리며 게이트를 빠져나오는 모습이 귀여워서 비슷해 보이는 사진을 열다섯 장이나 저장했건만. 공항에서 여기까지 20분 만에 오는 게 물리적으로 가능한 일인지 모르겠다. 그것도 맨발 컨버스가 아닌 포카 속 모습 그대로. 이 포카가 AR 포카였던가. 하지만 해마는 핸드폰 안에서 홀로그램 형태로 움직이는 게 아니라 내 눈앞에 실물로 살아 움직이고 있다. 그럼 최애와의 만남 이벤트 같은 건가? 난 그런 걸 신청한 적이 없는데.

"이게 무슨 일이야."

"저도 모르겠어요."

내 혼잣말에 최애가 대답도 해 준다. 어눌한 말투와 목소리. 낯을 가릴 때면 목덜미를 쓰다듬는 버릇까지. 진짜 해마다. 해마가 침대에서 몸을 일으키더니 내게 다가와 포카를 건넨다. 포카는 멀쩡하다. 이마는 자글거린 흔적 없이 깨끗하다. 유광 재질의 종이도 찢어지지 않았다. 나는 베였던 손가락을 만지작거린다. 여전히 날카로운 통증이 느껴진다. 해마가 베레모를 고쳐 쓰며 멋쩍게 말한다.

"셀카 찍어 놓으래서 회사 핸드폰으로 사진 촬영 버튼 눌렀는데 갑자기 이렇게 됐어요."

실물 해마를 보고 있자니 기쁨 10. 집이 좁고 누추한 데다 보풀 일어난 파자마 입고 있어서 수치스러움 30. 무엇보다 무료로 대화하고 있어서 얼떨떨함 60. 무슨 말부터 꺼내야 될지도 모르겠고, 어쩔 줄을 모르겠어서 한참이나 서로 어어, 어어, 하는 탄식만 탁구공 치듯 주고받을 따름이다. 말문이 먼저 트인 건 해마다.

"저 죄송한데 택시 좀 불러 주실 수 있나요?"

지금 사랑한다고 말하면 더 어색해지겠지? 무작정 안겨 버릴까? 그러다 고소당할 수도 있다. 같이 셀카를 찍자고 부탁하자니 회사 내규, 초상권, 운운하며 거절당할까 봐 두렵다. 해마는 바지 주머니를 뒤지며 곤란해한다.

"제가 방금까지 무대의상을 입고 촬영 대기 중이

었어서 지갑도 없이 몸만 달랑 왔거든요. 정말 이상하다. 들고 있던 핸드폰도 없어지고."

이상한 건 그것만이 아니란다. 너는 왜 과거의 모습으로 나타난 건데. 나는 그런 말들은 목구멍으로 삼킨 채 미쳤다, 미쳤어, 의미 없는 말만 중얼거린다. 핸드폰 화면을 오른쪽에서 왼쪽으로, 왼쪽에서 오른쪽으로 넘기길 여러 번 반복한다. 손가락이 덜덜거려서 앱이 잘 안 눌린다.

일단 택시를 잡으려면 주소부터 알아야 한다. 목적지는 어디로 등록하면 될까요? 해마가 올린 글에 댓글 남길 때는 밥 먹듯이 반말 썼으면서, 실제로 마주하니 극존대만 나올 따름이다. 해마가 되묻는다. 여기 지금 어딘데요? 여기는 서울 양평동이고 제 자취집인데요. 해마를 향해 그렇게 말하는 와중에도 다리의 힘이 풀려서 몇 번이나 주저앉고 싶은 걸 꾹 참는다.

"네? 저 방금까지 자라섬에 있었는데요?"

나를 바라보는 해마의 눈동자가 흔들린다. 저 얼굴 상태로 저런 헤어와 메이크업과 코디를 한 건 180614 자라섬 이슬 라이브 때의 해마가 맞다.

나는 그날의 해마를, 그날 찍힌 해마의 모든 사진

과 영상들을 사랑한다. 지방 행사였고 야외 공연이었는데 두 번째 노래를 부르는 도중에 폭우가 쏟아졌다.

해마가 춤을 출 때마다 물방울들이 사방으로 튀면서 반짝거렸다. 그건 마치 요정이 만들어 내는 가루 같았다. 비 때문에 미끄러워진 무대에서 해마는 복잡한 동선을 무리 없이 소화해 냈고, 상체를 기울이며 뒤로 빠질 즈음 베레모가 벗겨지기도 했다. 그 바람에 해마와 다른 멤버들은 시선을 교환하며 웃음을 터뜨렸다.

돌발 상황이었음에도 해마는 당황하기는커녕 오히려 더욱 신나게 무대를 즐겼다. 탄산수 속에서 수영을 해 본 적은 없지만, 한다면 아마 이런 기분이지 않을까. 싱그러운 청량함을 인간화한다면 그건 바로 해마. 땀과 비로 인해 온몸이 흠뻑 젖어선 얼굴에 들러붙은 머리칼의 물기를 털어 내던 해마. 카메라 플래시가 동시다발적으로 터지는 소리들. 그 순간 해마의 머리카락 근처에 잠깐이지만 여러 겹의 무지개가 떴다.

내가 17만 5000원을 지불해서라도 공방 포카를 가져야만 했던 이유도 사실 그때의 모습이 담겨 있기 때문이다. 물론 드래곤볼을 달성하려는 목적이 가장 크지만.

"회사 주소로 찍어 주세요."

"회사 주소가 뭔데요."

"네이버에 검색하면 나와요."

택시 앱에 출발지와 목적지까지 설정하고 나서도 우리는 핸드폰만 노려본다. 서로 낯을 가리며 택시가 잡히기만을 멋쩍게 기다린다. 할 말이 없다. 윤하라도 있으면 덜 어색할까. 연락해 볼까. 돈 안 드니까 보러 오라고. 근데 지금 택시 잡고 간다는데 불러서 뭐 하나 싶다.

몇 분 전까지만 해도 최애의 포카를 톺아 보던 행복한 일요일 저녁이었는데. 포카를 정리하고 나면 로제 떡볶이를 시켜 먹으며 보름 전에 켰던 해마의 브이앱을 정주행할 예정이었건만. 나는 실재하는 해마가 옆에 있는데도 그저 브이앱이나 보고 싶다고 생각을 한다. 별안간 손에 쥔 핸드폰이 떨린다. 벌써 택시가 왔나 싶어서 들여다보는데 브이앱 알람이었다. 방제는 [안녕 나야]. 손은 눈보다 빠르다. 검지로 초당 다섯 번씩 하트를 누르며 평소처럼 라이브 방송에 입장한다.

영상 속 멤버는 눈을 씻고 봐도 해마. 물구나무를 서서 봐도 해마다.

브이앱 해마는 미간을 찡그리며 카메라 각도를 세

심히 조절한다. 실시간으로 올라오는 채팅 글을 읽으며 소통하는 방송이라 이게 절대 녹화일 리는 없다. 나는 화면 속 해마와 지금 내 곁에 있는 해마를 번갈아 바라본다. 자라섬 해마도 또 다른 자기를 지켜본다. 시청자 수가 어느 정도 채워지자 브이앱 해마가 나와 눈을 맞추고 다정하게 말을 건다.

"여러분 다들 뭐하고 계셨어요?"

나는 계속 시청하고 싶은 마음을 감추고 브이앱을 끈다. 옆에 있는 해마의 눈치가 보이기 때문이다. 다행히 바로 택시가 잡힌다.

해마와 함께 택시를 타고 회사에 간다. 왜 저까지 가야 하는데요? 물어보니, 돈과 핸드폰 없이 혼자 가기는 불안하다고 한다. 도심의 밤이 시속 70킬로미터로 흘러가고 있다. 해마가 차창 밖의 풍경을 바라본다. 나는 창문에 반사된 해마의 굴곡진 옆태를 넋 놓고 쳐다본다. 사람이 어떻게 저렇게 생겼지. 현실감 없는 저 얼굴을 지켜보면 볼수록 이 모든 게 꿈만 같다. 꿈이면 영원히 깨고 싶지 않네. 속으로 하던 생각이 나도 모르게 입 밖으로 튀어나왔다. 그걸 들은 해마는 반응해 준다. 그럼 우린 같은 꿈을 꾸는 거네요.

겨드랑이에 땀이 고인다. 체온을 낮추기 위해 창문을 조금 내린다. 해마가 눈을 감는 걸 확인하고 나는 핸드폰을 켠다. 또 다른 해마는 아직도 브이앱을 하고 있다. 오늘 입국해서 많이 피곤할 텐데 그런 기색 전혀 없이 팬들과 소통 중이다. 나와 비슷한 생각을 가진 누군가가 글로 작성했는지 해마가 되묻는다. 저 피곤하지 않냐고요? 그래서 켰어요. 여러분들의 기를 좀 받아 가려고. 예쁘고 기특한 말을 하자 원래도 빨리 올라오던 채팅 글들이 이제는 거의 광속이 된다. 사랑한다, 나도 해마 보면 힘이 난다, 마음마저 잘생겼다, 같은 문구가 대다수였지만 그런 글들은 감흥 없이 빨리 넘기게 된다. 반드시 이런 종류의 글에만 오래도록 눈길이 머문다.

─브이앱 얼레벌레 끝내고 여친 만나러 갈 거면서.^^ 손목에 팔찌는 언제 뺄 예정이야? 티 좀 작작 내.

나는 닉네임을 클릭하고 신고 버튼을 누른다. 그런 다음 채팅을 입력한다. 말 좀 가려서 하세요. 평정심을 찾기 위해 심호흡을 한다. 목을 가누지 못한 채 졸고 있는 내 옆의 해마에게 시선을 옮긴다. 정확히 말하자면 시트에 놓인 그 애의 손목에. 그 애 손목을 칭칭 휘감고 있는 팔찌에. 진짜 저걸 계속 끼고 있네. 하지만 의미가 남다른 물건이라고 해서 꼭 커플 아이템일 리는 없다.

이쪽의 해마가 갑자기 발작하듯 콜록거린다. 나는 얼른 브이앱을 끈다. 기침 속에서 가래 끓는 소리가 난다. 노래 부르는 애라 목 컨디션에 예민하겠지. 창문을 올린다. 유리 위로 다시 나타난 해마를 살살 쓰다듬는다. 곁에 있어도, 닿을 수 있는 거리에 있어도, 이렇게 보고 만지는 편이 내겐 더 익숙하다. 창문을 통해서도 해마의 손목 팔찌가 선명하게 투영된다. 나는 눈을 가늘게 뜬 채 그것을 박박 문지른다.

해마가 회사 근처 가게에서 마스크와 볼캡 모자를 산다. 계산할 즈음 내게 돈을 빌린다. 나는 군말 없이 카드를 꺼낸다. 17만 5000원 주고 포카 사는 건 하나도 안 아까우면서 왠지 모르게 이건 아깝다. 해마는 마스크로 얼굴을 가린 뒤 볼캡을 깊이 눌러쓴다. 가리니까 더 아이돌스럽다. 기왕 이렇게 된 것 최애에게 주접이나 떨어 본다. 마스크랑 모자는 이렇게 사면서 티는 왜 맨날 똑같은 티만 입어요? 해마가 받아친다. 큐티요? 살풋 웃더니 마스크를 조금 내린다. 오늘은 별도 달도 뜨지 않은 어둡고 흐린 밤이지만 이 지상에서는 환한 햇살 한 줄기가 나를 비춘다. 더 이상 모자와 마스크 값이 아깝지 않다.

해마는 CCTV에 똑같이 생긴 두 사람이 찍히면 곤란할 것 같다며 건너편 건물의 주차장 한구석에 가 숨는다. 나도 해마 옆에 몸을 구기고 앉아 망원경을 꺼낸다. 망원경 또한 해마가 부탁해서 챙긴 거다. 공연 다닐 때 무대 위의 해마를 자세히 관찰하는 용도로 쓰던 물건이었는데 이런 식으로 사용하게 될 줄이야.

10분이 20분이 되고, 20분이 30분이 된다. 지루하다. 주머니에서 연초와 라이터를 꺼낸다. 필터를 입에 무는데 옆에 앉은 해마의 따가운 눈초리가 느껴진다. 아 맞다, 죄송해요. 다른 데 가서 피울게요. 말하고 자리에서 일어난다. 해마가 내 소매를 붙든다. 저도 한 대만요. 나는 반사적으로 뿌리친다.

"싫은데요."

손에 들고 있던 라이터와 담뱃갑을 가방 속에 꼭꼭 집어넣는다. 해마는 내 행동이 이해가 가지 않는다는 듯이 왜요? 돛대이신가? 하고 묻는다. 나는 최대한 억울한 표정을 지으며 이렇게 말할 뿐이다.

"저 팬이에요."

"알아요."

"근데 저한테 왜 그러세요?"

"제가 뭘 어쨌는데요?"

기싸움을 하고 있는데 회사 앞 골목으로 흰색 K5 한 대가 들어온다. 나는 숨을 죽이고 망원경에 눈을 가져다 댄다. 차가 정지하고 뒷문에서 또 다른 해마가 내린다. K5는 서행으로 다시 골목을 빠져나간다. 저편의 해마는 건물 안으로 들어가려고 입구에서 지문을 댄다. 그러다 이상한 낌새를 느꼈는지 우리가 숨어 있는 주차장 쪽을 의심스러운 눈길로 바라본다. 접안렌즈 속 해마와 시선이 닿는다. 놀란 나는 망원경에서 눈을 뗀다.

"저건 데뷔 쇼케이스하던 완전 애기 때인데."

쇼케이스 해마가 건물로 들어가지 않고 우리에게 다가온다. 자라섬 해마는 나를 버려두고 도망간다. 나 역시 밭은 숨을 내쉬며 해마를 따라 골목길을 달린다. 그러다 문득 깨닫는다. 나는 왜 뛰지? 발길을 멈추자 내 뒤를 쫓던 쇼케이스 해마도 멈춰 선다. 나는 쇼케이스 해마를 물끄러미 바라본다. 해마네 그룹이 데뷔 쇼케이스를 가질 때만 해도 나는 해마를 좋아하지 않았다. 그럼에도 여기서 말갛고 앳된 스무 살의 해마를 마주하니 가슴이 먹먹해진다.

큰길까지 나아갔던 자라섬 해마는 8차선 도로 앞에서 어쩔 도리 없이 진로가 막힌다. 나는 자라섬 해마가 있는 쪽으로 천천히 걸어간다. 쇼케이스 해마도 별말 없이 나를 따라온다. 자라섬 해마 앞으로 차 한 대가 선다. 방금 전까지 쇼케이스 해마가 타고 있던 흰색 K5다. 앞좌석 창문이 열리며 운전자의 얼굴이 드러난다. 윤하다.

자라섬 해마, 쇼케이스 해마, 윤하, 나. 우리 넷은 차 안에서 이야기를 맞춰 본다. 윤하는 데뷔 쇼케이스 영상을 보고 있었다고 했다. 그녀는 입덕한 이래로 이날의 해마만 거짓말 조금 보태 천 번은 돌려보았다. 두 손으로 마이크를 꼭 쥔 채 달달 떨리는 목소리로 팬들을 향해 첫인사를 건네던 해마. 실수하지 않으려고 눈을 부릅떠 보지만 결국 준비한 대사를 까먹어 버린 해마. 입술이 계속 말라 시도 때도 없이 혀를 날름거리던 해마. 하지만 노래가 시작되면 프로 아이돌로 돌변해서 좌중을 압도했다. 윤하는 해마의 데뷔 초기 모습을 가장 사랑했다.

"해마의 스무 살을 함께하지 못해서 너무 화가 나."

윤하는 입버릇처럼 말하곤 했다. 아까까지도 윤하는 데뷔 쇼케이스 영상을 보면서, 미친 거 아니냐, 귀여워서 아파트 부수고 싶다, 지금 잇몸이 바짝 마를 정도로 웃음을 짓고 있어, 같은 메시지를 내게 연달아 보냈다. 윤하는 이목구비, 표정, 말투 어느 것 하나 놓치고 싶지 않은 마음에 볼륨을 최대치로 높였다. 화질은 1440p로 설정한 뒤 해마의 스무 살을 만끽하고 있었다. 그런데 해마의 얼굴이 일렁이더니 화면이 자글거리기 시작했다. 분홍과 초록으로 구성된 세로줄 모양의 미세입자들이 쇼케이스 해마를 감상하는 데 훼방을 놓았다. 윤하는 태블릿 액정 표면을 문질렀다. 터치스크린 위로 손가락 하나가 뻑, 하고 솟아올랐다. 태블릿이 깨지며 윤하의 손바닥으로는 유리 파편이 튀었으며 상처가 생겼다. 그 이후의 상황은 나와 같다. 나는 택시를 잡아탔고 윤하는 자차를 사용한 것이 조금 다르다.

"그럼 이제 어떡해요?"

이제 막 데뷔한 쇼케이스 해마는 인생이 뒤틀렸다는 사실을 깨닫고는 억울해했으며,

"모르겠고, 전 그럼 당분간 쉴래요."

자라섬 해마는 하품을 하며 말한다. 번아웃 직전이었는데 잘됐다, 어제도 30분 밖에 못 잤는데. 문득 해결책이 떠오른다.

"지금 둘 다 회사로 돌아가요. 들어가서 사람들에게 솔직하게 털어놓은 다음 해마가 해야 할 일을 셋이서 나누면 어때요? 그럼 잠도 많이 자고 연습할 시간도 늘고 좋지 않을까."

"그리고 정산도 정확히 3분의 1로 나뉘겠지."

윤하는 그렇게 말하며 시동을 걸었고, 자라섬 해마는 아, 정산? 3년 일해서 3000만 원 받았는데 그걸 3으로 나누면 어휴. 체념 섞인 한숨을 쉰다. 3000이라는 말을 듣자 쇼케이스 해마의 물망초 같은 얼굴에는 실망한 기색이 어린다. 빌보드 가수가 될 줄 알았나 보다.

나는 자라섬 해마를 남몰래 흘긴다. 그렇게 아이돌이 하기 싫은가. 잘생기고 훤칠한 애가 노래도 잘 불러. 노래를 잘 부르는데 춤까지 잘 춰. 외모와 재능에 취해 거만해질 수도 있는데 연습마저 성실히 해. 어쨌든 겉으로는 팬들한테 살갑지. 그런데 그것에 비해 결과는 미미했다. 초동 10만 장을 못 넘겼고, 공중파 1위는 고사하고 음원 차트 진입도 못 해 봤다. 해마야, 너는 아직 갈 길이 먼데 돈 못 벌어서 힘들었냐. 그렇게 쉬고 싶었냐. 너 그러다 평생 쉰다.

"난 이제 집에 갈 건데 다들 어떻게 할 거야?"

윤하가 물었고,

"저 실례가 안 된다면 댁에서 딱 일주일만 쉬게 해 주세요."

자라섬 해마가 부탁한다. 윤하는 빠른 긍정과 함께 자라섬 해마를 데리고 간다. 나와 쇼케이스 해마는 길 가장자리 구역에 외로이 남겨진다. 뒤도 안 돌아보고 가는 자라섬 해마가 밉다. 담배를 주지 않은 게 그리 섭섭했나.

─언제는 스무 살만 보고 싶다며.

나는 황망해진 마음에 이러지도 저러지도 못하고 윤하에게 메시지를 보낸다. 운전 중인지 아무리 기다려도 답장은 오지 않는다.

내 앞에 멀뚱멀뚱 서 있는 쇼케이스 해마를 본다. 정말로 할 말이 없다. 왜 최애를 만나고도 할 말이 없냐고 묻는다면. 당연하지, 처음 보는 사이니까. 나도 집에 가고 싶다. 브이앱도 못 보고 이게 뭐람. 오랜 침묵을 깨고 해마에게 말한다.

"아까 회사로 들어가려던 거 아니었어요?"

쇼케이스 해마가 고개를 떨군다. 작고 동그란 밤톨 같은 정수리를 마주하니 마음이 흘러넘친다. 최애와 밤마저 같이 보낼 자신은 정말 없는데.

내가 이불을 펴고 잠자리를 만드는 동안 쇼케이스 해마는 내 방을 구경한다. 아직 데뷔 1일 차라 이런 걸 실물로는 처음 보겠지. 신기할 것이다. 해마의 포스터와 슬로건을 벽에 덕지덕지 붙여 놓았으며 침대 맡 협탁에는 무드 등 대신에 사용 중인 LED 응원봉이 비스듬히 세워져 있다. 해마는 이번 연도의 시즌 그리팅 탁상 달력을 작년 12월 지면부터 다음 해 1월 지면까지 넘겨보다가 옆에 장식용으로 놓아둔 인형을 발견하고는 집어 든다. 귀엽네, 이거. 솜뭉치로 이루어진 얼굴을 만지작거리며 중얼거린다. 그것 역시 너를 토끼로 모에화한 솜 인형인데. 그 사실을 아는지 모르는지.

"귀여우면 가져도 돼요."

해마는 인형을 챙겨 들고 내 곁으로 다가온다. 그러고는 깔아 둔 요와 이불을 만지작거린다. 베개 위에 인형을 올려놓는다. 누울 생각은 않고 손바닥으로 허벅지만 한참 문댄다. 내가 알던 해마는 낯을 가리거나 곤란한 상황에 맞닥뜨리면 목덜미를 긁는데. 저런 몸짓은 처음 본다. 이불이 마음에 안 드나 싶어서 물어본다.

"이불이 좀 얇은가요? 두꺼운 거 드릴까요?"

해마는 내 눈을 피한 채 베개를 주먹으로 꾹꾹 누른다. 나는 해마에 대해서라면 충분히 많이 알고 있다. 배스킨라빈스 원픽은 뉴욕치즈케이크이며 반민초단이다. 햄버거의 모양만 보고도 이게 버거킹 제품인지, 쉑쉑버거 제품인지 바로 알아맞힐 정도로 햄버거를 좋아한다. 향수보다는 자기 침구에서 나는 포근한 이불 냄새를 더 좋아한다. 존경하는 가수는 이상은. 인생 영화는 「쇼생크 탈출」. 하기 싫어도 해야만 할 때에는 늘 입술을 옹송그린다. 진짜 즐거워서 웃을 때에는 윗니까지 보일 정도로 환히 웃고 예의상 웃을 때에는 눈꼬리만 살짝 접힌다. 사람이 얘기할 때는 눈을 피하지 않고 똑바로 쳐다본다. 이즈음엔 이런 말을 하겠구나, 예상하면 정말 그와 비슷한 말을 했다. 근데 지금은 내 눈을 보지도 않는다. 무슨 생각을 하는지는 더더욱 모르겠다.

"제가 요즘 격한 안무 연습 때문에 허리 디스크가 터져서……."

디스크에는 바닥이 더 좋지 않나……. 그런 생각은 속으로만 하고 침대를 해마에게 내준다. 나는 불을 *끄고* 잘 준비를 한다. 해마가 어둠 속에서 묻는다. 저희 내일 뭐 해요? 내가 말한다. 저 내일 출근하는데요? 월요일이잖아요. 해마가 자꾸만 묻는다. 무슨 일하시는데요? 나는 말한다. 그냥 회사 다녀요. 회사. 입 밖으로 튀어나오는 말들에 못마땅한 기운이 서려 있다. 공식 굿즈 사느라고 일주일 동안 맨밥에 김만 싸 먹은 적도 있는데. 침대를 양보하고 바닥에서 자는 건 왜 이다지도 심술이 날까. 모를 일이다.

누워서 핸드폰 알람을 맞추는데 공식 팬 카페에 새로운 글이 올라온다. 제목 앞에 대괄호로 [해마]가 붙어 있다. 오늘의 해마가 작성한 글이다. 나는 한 주의 마무리를 잘하고, 다음 주도 같이 힘내 보자는 내용의 글을 읽고 하트를 누른다. 무례해 보이지 않을 만한 적당한 말을 고민한다. 신중하게 댓글을 작성한다.

—오늘 귀국이라 피곤했을 텐데 브이라이브도 해 주고, 공카에 글도 남겨 주고, 우리 해마 완전 효자네. 고마워. 해마가 얼굴 여러 번 보여 줘서 내일은 월요병이 전혀 없을 듯!

여기까지 쓰고 맞춤법과 띄어쓰기와 문맥을 여러 번 확인한다. 입력 버튼을 누르려는데 쇼케이스 해마가 다시금 말을 걸어온다. 혹시 제가 입을 만한 편한 옷이 있을까요. 자라, 그냥. 나는 대꾸하기가 귀찮아서 자는 척을 한다. 주무시나요? 이불을 뒤집어쓰고 숨을 참는다. 그러자 저편에서 부스럭거리며 옷 벗는 소리가 난다. 무대의상을 입고 잠을 잘 수는 없을 텐데. 지금이라도 일어나 품이 큰 옷을 가져다줄까. 그러려면 불을 켜고 헐벗은 해마를 봐야 한다. 그건 정말 싫다. 오늘의 해마가 올려 준 셀카나 몰래 저장한다.

해마의 고른 숨소리가 규칙적으로 들려온다. 나는 일찍 잠에 들긴 틀린 것 같다. 깨금발을 하고 옷장 문을 연다. 핸드폰 불빛에 의지해 방향을 가늠한다. 이불을 꽁꽁 두르고 입을 헤벌리며 자고 있는 해마. 많이 피곤했을 것이다. 오늘이 데뷔일이었으니. 이날이 오기를 얼마나 기다렸을까. 잠도 못 자 가며 연습했을 텐데. 침대 헤드에 다음 날 입을 옷을 걸어 둔다. 아침에 눈 떴을 때 최애가 팬티만 입고 돌아다니는 모습을 보고 싶지 않다. 책상 서랍을 연다. 그 안에서 콜렉트 북과 탑로더와 철제 틴케이스를 꺼낸다.

식탁에 앉아 휴대용 스탠드를 켠다. 아까 정리해 놓은 콜렉트 북을 한 장씩 넘긴다. 다섯 번째 장에서 쇼케이스 해마 포카를 발견한다. 데뷔 쇼케이스에 직접 참석해야만 받을 수 있던 포카여서 나중에 입덕한 나 같은 사람은 구하기가 쉽지 않았다. 하지만 구하려고 하는 자는 언제가 됐든 얻기 마련이지.

탑로더 속에 쇼케이스 해마 포카를 집어넣고 어디에 스티커를 붙일지 고민한다. 얼굴이 포카의 절반이나 차지한 근접 셀카여서 각이 잘 나오지 않는다. 나는 탑로더의 테두리 공간을 꾸미기 위해 틴케이스를 연다. 철제 틴케이스 안에는 각종 스티커들이 들어 있다. 알파벳, 별, 꽃, 동물, 과일, 컨페티 모양의 스티커들을 가지각색으로 구비해 놓았다. 원래 이런 건 다 장비발이다.

스티커를 붙이며 오랫동안 사진을 들여다보면 해마를 더욱 주의 깊게 살펴볼 수 있어 좋다. 나는 수술을 집도하는 의사의 심정이 되어 핀셋으로 스티커를 신중하게 떼어 낸다. 해마의 머리 위에 토끼 귀 스티커를 옮겨 붙이며 중얼거린다. 해마는 흰옷이 잘 받는 것 같아. 눈썹이랑 티존이 예뻐서 앞머리를 까야 얼굴이 사네. 무슨 귀에 난 점까지도 이렇게 귀여울 일이냐. 손톱 조반월이 선명하고 혓바닥이 분홍빛인 걸 보니 건강 상태 양호하구나. 근데 다음부터 금발은 안 했으면. 퍼스널컬러랑 안 어울림. 하단에는 해마의 스펠링인 H.M.과 주민등록번호 앞자리인 991008 스티커를 붙인 뒤 마무리 짓는다. 그리고 깨닫는다. 생일이 일주일도 채 남지 않았다는 것을.

다음 날. 퇴근하고 쇼핑몰에 들른다. 가슴팍에 악어와 여우, 말을 탄 사람 로고가 수놓인 까맣거나 하얀 무지 맨투맨을 여러 벌 고른다. 블랙진과 네이비 밴딩 슬랙스, 밑단에 시보리가 들어간 조거팬츠도 함께 쓸어 담는다.

이런 가격대의 옷들을 사 가도 괜찮을까? 지하 푸드 코트에서 수제 버거 포장을 기다리는데 슬그머니 걱정이 몰려온다. 나는 핸드폰 갤러리를 열어 해마가 입고 다녔던 사복 사진들을 넘겨 본다. 이건 생로랑, 이건 보테가, 이건 에르메스…… 앨범 창을 닫는다. 그만 보기로 한다.

내가 집에 돌아와 쇼핑백을 쥐여 주자 해마는 그 안에 든 옷들을 들여다보며 말한다. 전 그냥 탑텐도 괜찮고 지오다노도 괜찮은데. 어차피 집에서만 입을 건데. 하지만 옷을 갈아입고 전신 거울 앞에서 핏을 확인하며 입꼬리를 씰룩이는 해마를 보니 다행이라는 생각이 든다. 만족하고 있었다.

해마는 새 옷으로 갈아입고 우리는 마주 앉아 저녁을 먹는다. 해마가 콜슬로를 가져가 입안에 넣는다. 음식을 씹으며 내 얼굴을 뚫어져라 바라본다. 나는 햄버거를 한입 크게 물다가 그 시선이 부담스러워 토

마토를 한 조각 흘린다.

"왜 쳐다보는데요."

해마는 시선을 거두지 않은 채 나를 빤히 바라보며 말한다.

"제가 햄버거를 못 먹거든요⋯⋯."

"아니요? 해마 햄버거 완전 좋아하는데요?"

이 햄버거도 해마가 리얼리티 예능에서 5분 컷으로 먹은 가게에 가서 일부러 사 온 것이다. 해마는 조금의 간격을 두고 씁쓸하게 웃는다.

"제가 지금은 햄버거를 잘 먹게 됐나요?"

그럼 여태까지 좋아하지도 않는 햄버거를 방송이라 어쩔 수 없이 먹었나. 나는 심란해져서 감자튀김이 케첩에 절여지는 줄도 모르고 계속 찍는다. 그럼 먹어 보지 뭐, 해마가 결심하며 햄버거 포장지를 깐다. 저게 결심까지 할 일인가 싶지만. 입안 가득 햄버거를 우물거리다가 눈물을 흘리는 해마를 보고 마음이 바뀐다.

"저기 못 먹겠으면 먹지 마요. 다른 음식 시켜 줄게요. 김밥 어떠세요?"

내가 햄버거를 이리 달라고 손을 내밀자 해마는 울면서도 고개를 세차게 흔든다. 오히려 햄버거를 본인

의 가슴팍 쪽으로 더 가까이 끌어당긴다. 그걸 쥔 손
은 해마가 처음 마이크를 잡았을 때처럼 바들바들 떨
고 있다. 해마가 입안의 음식물을 삼키고는 젖은 목
소리로 말한다.

"너무 맛있어요. 그래서 눈물이 났어요."

해마는 간이 밴 고기, 밀가루 빵, 양념 소스에 절여
진 채소 따위를 얼마 만에 먹는지 모르겠다며 내게 털
어놓는다. 씹을 때마다 탄수화물의 당과 전분들이 체
내 혈액 속으로 곧바로 흡수되는 게 느껴질 정도라고.
사실 그저께부터 아무것도 안 먹었어요. 이게 사흘
만에 첫 끼예요. 나는 휴지를 건네준다. 해마는 눈물
로 흠뻑 젖은 얼굴을 닦아 내면서도 허겁지겁 먹는다.

해마가 뒷정리를 하면서 노래를 흥얼거린다. 햄버
거를 한 개 다 먹어서 기분이 좋은가 보다. 평화로운
저녁이다. 가수라 그런지 허밍인데도 예사롭지 않다.
종량제 봉투에 음식물 쓰레기를 담는데 윤하로부터
연락이 온다. 나는 시큼한 냄새가 풍기는 손을 닦고
메시지를 확인한다.

— 해마 생일 카페 갈 거지?

해마가 설거지를 끝내고 노래를 흥얼거리는 것을
멈춘다. 계속 부르지. 나는 중얼거린다. 해마의 오밀조

밀한 얼굴도 좋고, 곧게 뻗은 학다리도 좋고, 담백한 춤선도 좋고, 조곤조곤 할 말 다 하는 성격도 좋지만, 그중에서 제일 좋은 건 바로 노래할 때의 목소리다.

때때로 출근길에 콩나물 시루마냥 지하철 인파에 떠밀리다 보면 숨이 잘 안 쉬어진다. 이렇게까지 살아야 하나 싶은 생각도 든다. 다시 집으로 돌아가 출근복을 훌훌 벗고 침대에 눕고 싶기도 하다. 그럴 때 이어폰을 꽂고 해마의 유리구슬 같은 목소리를 들으면 지하철에서 콩나물이 되는 삶을 견딜 수 있다. 조금 더 살아 볼 용기가 생긴다.

그렇게 콩나물이다가 사무실에 도착하면 파티션 속의 체스 말로 변신한다. 업무 중간에 쉬는 시간은 별로 많지 않지만 화장실 안에서라도 떡밥을 확인한다. 맞은편 책상에 앉은 직원에게 모함을 당한 날에는 컴백 티저가 뜬다. 제대로 일을 처리하지 못해 팀장의 눈치를 하루 종일 봐야 하는 날에는 공식 굿즈 판매처 링크가 올라온다. 그러면 체스 말의 맡은바 역할을 성실히 수행해야겠다는 다짐이 선다. 그래야 돈을 벌고, 돈을 벌어야 해마네 회사에서 사 달라고 하는 이것저것을 살 수 있고, 내가 많이 살수록 해마의 존재 가치가 떨어지지 않는다. 존재 가치가 떨어지지 않으면 해마의 노래를 더 오래 들을 수 있다.

좁은 방으로 돌아오면 나는 콩나물도 아니고, 체스 말도 아닌, 바야흐로 병든 닭이 된다. 꾸벅꾸벅 잠만 잔다. 자다 깨면 늦은 저녁으로 편의점 김밥과 어제 먹다 남은 배달 떡볶이 같은 걸 전자레인지로 데워 먹는다. 그런 음식들을 주워 먹으며 해마가 등장하는 영상들을 찾아본다. 소속사에서 자체적으로 제작한 그룹 예능. 팬들이 편집한 입덕 포인트 영상. 무대 직캠 같은.

영상들은 다음 항목으로, 다음 항목으로, 끝없이 자동 재생된다. 해마가 노래 부르고 춤추는 걸 보고 있으면 나는 콩나물이었던 것도, 체스 말이었던 것도, 닭처럼 졸았던 것도 곧잘 잊게 된다. 그냥 한 사람을 좋아하는 한 사람이 된다.

"신청곡 받을게요."

해마가 어쿠스틱 기타를 가져와 앞에 앉는다. 나는 입덕 계기였던 두 번째 미니앨범 타이틀곡을 신청하고 싶다. 근데 그 곡을 쇼케이스 해마가 알까? 데뷔 전에 미리 녹음해 놨을 수도 있다. 이 노래 알아요? 나는 가사를 흥얼거리며 물어본다. 해마가 귀 기울이며 듣고는 한 마디씩 멜로디를 되짚는다. 저희 다음에

이 곡 발표해요? 나는 해마가 묻는 말에 대답해 준다. 타이틀곡이에요. 제가 진짜 좋아해요. 여기까지만 말한다. 어떤 멤버가 연애하는 사진이 찍혀서 초동이 반토막 나지만요. 이 말은 생략한다. 해마가 목을 가다듬고는 진지하게 자세를 잡는다.

"한 사람 앞에서만 부르는 건 보컬 샘께 레슨 받을 때 말고는 처음이거든요."

나도 이런 식의 라이브 실황은 처음이라 떨린다. 해마의 섬세한 손가락들이 음표를 더듬으며 기타 줄 위에서 노닌다. 고운 음색으로 첫 소절을 시작한다. 해마는 서브보컬로 언제나 도입부 담당이었으나 오늘은 특별히 다른 멤버들의 파트까지 부른다. 랩은 못하는구나. 나는 조금 민망해져서 추임새와 화음을 넣어 준다. 그러자 해마가 노래를 뚝 멈춘다. 저 화음 방해돼요. 정색하며 말한다. 알았어요, 안 할게요. 해마는 정확히 멈춘 부분부터 다시 시작한다.

이제 그만 들어도 될 것 같은데. 해마가 메인보컬 파트를 부르다가 삑사리가 난다. 가성으로 고쳐 부른다. 음정이 안 맞는다. 나는 밤이 깊어진 터라 방음이 걱정이다. 아니나 다를까. 옆집에서 벽을 치는 소리가 들려온다.

해마는 개의치 않고 2절 브리지를 지나 후렴 파트까지 완곡한다. 쑥스러운지 구레나룻을 만지작거린다. 지난 3년 동안 피나도록 연습했구나. 나는 노력에 대한 찬사의 의미로 해마에게 박수를 쳐 주고 엄지를 치켜세운다. 여기까지 하고 끝내라는 뜻도 담겨 있다. 그러나 내 반응에 우쭐해진 해마는 신청하지도 않은 여러 곡을 끊임없이 열창한다. 내가 알던 해마는 눈물이 없고 눈치가 빠른 아이인데. 얘는 눈물이 많고 눈치가 없다. 그동안 돌판에서 버텨 온 시간들이 해마의 성격을 바꿔 버린 걸까.

에코도 엠알도 없이 해마의 생목을 30분째 듣고 있다. 고막이 슬슬 괴롭다. 벽 너머에서는 간헐적으로 쿵쿵쿵. 이웃이 차라리 우리 집 벽 말고 현관문을 두드려 주면 좋겠다. 그래야 이 방구석 콘서트가 끝날 것 같다. 얼른 이불 깔고 누워서 이어폰으로 귀 막고 에코랑 엠알 깔린 해마 노래나 듣고 싶다. 집중력이 흐려져서 핸드폰에 자꾸만 시선이 간다. 윤하에게 미처 보내지 못한 메시지를 쓴다.

—생일 카페 어디 어디 돌 건데?

바로 답장이 온다.

—여기 홈마가 특전 제일 잘 챙겨 줌.

나는 윤하가 첨부해 준 사진을 확대한다. 커피를 주문하면 해마 사진이 인쇄된 컵홀더와 엽서, 포토카드 3종, 띠부띠부씰을 준단다. 위치도 홍대여서 집이랑 가깝다. 안 갈 이유가 없지. 다시 메시지를 보낸다.

—자라섬 해마는 잘 지내?

—걔 좀 그래. 불편해.

쇼케이스 해마도 마찬가지야. 텍스트를 입력하다가 지운다. 좋은 생각이 떠오른다.

—해마들도 같이 데려갈까?

해마를 사랑하는 사람들이 한날한시에 모일 터이다. 나는 해마가 더 좋은 조건의 팬에게 신세를 질 수 있도록 적극적으로 돕고 싶다. 허리 디스크 환자에게 좋은 매트리스를 제공할 수 있고 방이 여러 개인 그런 집에서 지내게 하고 싶다. 윤하 역시 그게 좋겠다는 반응을 보인다.

생일 이벤트 카페는 역에서 가까웠다. 쇼케이스 해마와 나는 건널목에 서서 신호를 기다린다. 그런데 건너편에도 또 다른 해마가 있다. 처음에는 자라섬 해마인가 싶었지만 횡단보도를 건너 가까이 가서 보니 그것도 아니다. 섬뜩한 예감이 든 나는 서둘러 카페로 향한다.

카페 내부는 여러 시간선의 해마들로 가득하다. 등신대 대신 입구에 서 있는 사람은 2019년 가요대축제 해마. 카운터 앞에서 커피 주문을 받는 사람은 2018년 주간 아이돌 해마. 패브릭 포스터나 액자 사진들이 전시되어야 할 벽에는 실제 해마들이 움직이고 있다. 180520 미화당 팬싸 해마는 가짜 지폐가 나오는 장난감 총을 겨누고 있다. 그 옆에선 190827 아육대 해마가 활시위를 당기는 중이다. 200105 음중 퇴근길 해마 옆에는 190615 코뮤페 해마가. 180324 광운대 팬 미팅 해마 옆에는 190818 LA 케이콘 해마가. 도대체 얼마나 많은 해마가 존재하는 걸까?

해마를 사랑하는 사람들과 거의 모든 날의 해마들이 꽉 찬 공간. 예전 같았으면 낙원이라고 생각했겠지만 막상 체험해 보니 그렇지도 않다. 윤하는 왜 오지 않는가. 돌아갈까. 고민하는데 10분 후면 도착한다는 연락이 온다. 자포자기의 심정으로 카운터에 간다. 주간 아이돌 해마에게 주문을 넣는다. 이젠 그 어떤 버전의 해마를 마주해도 감흥이 없다. 심장이 떨어질 것 같지도 않고 손가락이 덜덜거리지도 않는다. 하지만 해마의 굿즈를 모으는 건 별개다. 희소성 있는 포토카드를 구한 뒤 콜렉트 북에 채워 넣는 쾌감과 선주문한 화보집을 처음 펼쳐 종이 냄새를 맡을 때의 두근거림은 내게 여전히 유효하다.

딸기에이드는 맛이 밍숭맹숭해서 별로다. 물론 맛 때문에 사 먹는 게 아니어서 굿즈만 예쁘면 상관없다. 굿즈마저 못생겼다면 흉을 봤겠지만 굿즈는 예쁘다. 쇼케이스 해마는 청포도타르트에서 청포도만 골라 먹고 커스터드 크림과 타르트 부분은 먹지 않는다. 본인이 먹겠다고 해서 시킨 건데 이게 뭐 하는 짓이람. 사실 이런 일이 한두 번도 아니었다. 햄버거를 먹으며 울던 게 짠해서 그 후에도 몇 번인가 삼겹살이나 갈치조림 같은 걸 만들어 줬는데 먹지 않았다. 해마는 변명했다. 이거 먹고 살찌면 더 힘들게 빼야 해서. 해마는 아이돌 활동이 기약 없어졌는데도 여전히 체중을 관리한다. 삶은 달걀이나 두유 같은, 저게 밥이 되나 싶은 걸 먹고 하루도 빠짐없이 스쾃과 플랭크를 5세트씩 한다. 다시 돌아갈 날을 기다리는 사람처럼 말이다.

나는 해마가 남긴 빵을 마저 먹는다. 나도 모르게 포크질이 거칠어진다. 접시 덜그럭거리는 소리가 크게 난다. 해마를 향해 뒤늦은 수습성의 변명을 한다.

음료보다는 타르트 맛집이네요. 해마네 그룹의 노래가 카페 배경음악으로 줄곧 흐르는데도 우리 사이로는 유독 적막이 감싼다. 맞은편 테이블에 앉은 두 사람의 대화가 다 들릴 정도로. 그들은 해마에 대해 열띤 토론 중이다. 생일 특전으로 받은 도무송 스티커를 앞에 두고 이야기한다. 해마는 앞니가 귀여우니까 토끼 상이야. 아니야, 너 해마 햄버거 씹을 때 양 볼 볼록해지는 거 못 봤어? 해마는 확신의 다람쥐 상이야. 내 앞에 앉은 쇼케이스 해마도 귀 기울여 듣는 모양이다. 혀끝으로 앞니를 더듬어 보거나, 손가락으로 볼을 누르거나 한다.

그들의 대화는 나와 윤하가 나누던 수다와 별반 다르지 않다. 해마가 유난히 말이 없던 어느 날은 왜 기분이 별로였는가에 대해 유추한다. 멤버들 간의 관계에 대해서도 멋대로 결론을 내린다. 해마는 A와 친하고 B랑은 안 친해. 해마는 아이스아메리카노를 끝까지 마신 뒤 얼음을 오독오독 씹는다. 유리컵 표면에 맺힌 물방울들이 테이블 위로 떨어진다.

해마의 얼굴과 헤어스타일링과 관계성을 지나 어느덧 화제는 체형으로 이어진다. 한 사람이 말한다. 다이어트 심하게 해서 속상해. 많이 좀 먹었으면. 등을 지고 앉아 엿듣던 쇼케이스 해마는 갑자기 타르트를 게걸스레 퍼먹는다. 잠시 후 상대방이 반박한다. 아니야, 나는 해마가 더 빼야 한다고 봐. 지난해 연말 시상식에서 C 옆에 서 있을 때 얼굴 너무 달덩이였어. 해마가 냅킨을 들더니 그 위에다 씹던 빵을 뱉는다. 음식물을 감싼 휴지를 동그란 모양으로 여러 번 뭉친다. 냅킨을 꼭 쥔 해마의 손에 힘줄이 불거진다. 나는 앞에 놓인 잔만 만지작거린다. 인공색소를 가미하여 진한 붉은색을 띠던 딸기에이드는 얼음이 녹아 흐릿한 분홍색으로 변했다.

나는 해마가 좋다. 파운데이션을 두껍게 바르고 눈가와 콧대에 음영을 그윽하게 넣은 해마가 좋다. 보정 효과가 극대화된 홈마 사진 속 해마가 좋다. 조명발을 받은 해마가 무대 위에서 춤추고 노래 부를 때의 반짝거리는 모습이 좋다. 햄버거를 5분 컷으로 먹는 해마가 좋다. 카메라 앞에서 자기가 할 수 있는 말과 해서는 안 될 말을 신중하게 고르는 해마가 좋다.

나는 해마가 싫다. 밤만 되면 수염 자국 올라오는 해마의 인중이 싫다. 양말을 뒤집어서 벗어 놓는 해마의 부주의함이 싫다. 집 안에서 시도 때도 없이 흥얼거리는 해마의 생목소리가 싫다. 타르트 위의 청포도만 골라 먹으며 체중 조절하는 해마의 강박이 싫다. 리그 오브 레전드를 하면서 뒤졌죠? 빌렸죠? 인정? 따위의 혼잣말을 남발하는 해마가 싫다.

둥근 유리컵의 겉 바닥에는 고인 물들이 웅덩이를 이룬다. 나는 휴지로 의미 없이 그것들을 닦는다. 껍데기만 보고 멋대로 좋아해 버려서 미안. 나지막이 속삭였다고 생각했는데, 쇼케이스 해마가 내 손등 위에 자신의 손바닥을 포개고는 대답한다.

"괜찮아요. 앞으로도 저는 당신의 꿈과 환상이 깨지지 않도록 성심껏 도울 거니까요."

나는 흠칫해서 테이블 닦는 행위를 멈춘다. 고개를 들어 앞을 본다. 쇼케이스 해마의 주변으로 빨강, 파랑, 노랑, 형형색색의 포카들이 흩날린다. 팬싸 해마의 장난감 총에서 가짜 지폐가 아닌 진짜 포카가 나온다. 그가 방아쇠를 당기면 총구가 포카를 토한다. 앨범 포카, 공방 포카, 응원봉 포카, 티셔츠 포카, 키트 포카, 시즌 그리팅 포카……. 해마의 모든 포카들이 한꺼번에 수백 장씩 쏟아진다. 콘서트 앵콜 무대에서 터져 나오던 알록달록한 꽃가루처럼 분분히 흩날린다. 팬들은 홀린 듯이 여분의 해마를 주워 간다. 그럼에도 포카는 바닥과 선반과 테이블과 의자 위에 무서운 속도로 쌓여만 간다.

쇼케이스 해마는 바닥을 뒤덮은 포카들을 물끄러미 본다. 천천히 일어나 포카 더미 위에 자리를 잡고 눕는다. 그가 몸을 비트는 방향으로 포카들이 함께 움직인다. 쇼케이스 해마는 포카를 한 움큼 집어서 다시 허공에 흩뿌린다. 팔랑거리며 떨어지는 날카로운 종이 끝이 쇼케이스 해마의 살갗을 할퀸다. 얼굴과 목과 팔에 빗금 모양의 피가 계속 그어진다. 그는 배를 잡고 깔깔거린다.

나는 내 발밑에 차이고도 남는 무수한 포카들 중 한 장을 주워 들고 가만히 내려다본다. 사진 속 해마는 환하게 웃고 있다. 종이에 대고 묻는다. 내가 너를 알까?

나는 해마가 어떤 정치 세력을 지지하는지 모른다. 가족들의 얼굴과 직업을 모른다. 살면서 몇 번의 부침을 겪었는지, 그 지나간 상처들이 가슴에 얼마만큼 사무쳤는가를 모른다. 주량을 모른다. 아파 보일 때는 어디가 어떻게 아픈지를 모른다. 하루가 멀다 하고 사랑을 고백하고, 보고 싶다고 말하고, 얼굴과 실력과 성격을 예찬하면서도, 그런 것들을 모르는 채로 지낸다. 딱히 알고 싶지도 않았다. 때로는 해마가 이

모든 정보값들을 속속들이 말해 주지 않는 타입이라 고마워한 적도 있다.

나는 너를 좋아할까? 해마는 말이 없다. 단지 윗송곳니만이 보일 뿐이다. 해마가 진짜 즐거울 때에만 드러나는 윗송곳니가.

이제 그는 더 이상 아이돌이 아니다. 해마네 그룹에게 기적 같은 일은 일어나지 않았다. 멜론 1위는 하지 못했다. 다만 벅스 1위는 몇 번 했다. 초동은 10만 장을 딱 한 번 넘겼다. 공중파 1위 대신 케이블 1위로 만족했다. 멤버들 몇 명은 재계약을 했지만 해마는 하지 않았다. 해마는 배우들이 많이 소속된 회사로 이적을 했으며 드라마 한 편을 찍고 나서 군대에 갔다. 윤하는 해마가 군대에 있을 때도 덕질을 이어 갔다. 훈련소에 있을 때는 '더캠프'라는 인터넷 편지 게시판을 도배하다시피 했다. 자대 배치를 받고 나서는 해마가 출연하는 군 뮤지컬에도 올출석을 했다. 그래 놓고는 해마가 제대하자 거짓말처럼 탈덕을 했다. 대학원 박사과정에 들어가서 연예인을 좋아할 시간 여유가 없어졌다며.

나는 윤하보다도 훨씬 이전에 탈덕을 했다. 마음이

식어서 자연스럽게 그리되었다. 덕분에 포카를 팔아서 맥북 프로를 살 수 있었다. 운이 좋았다. 그러고도 많은 날들이 흘렀다. 해마를 좋아하지 않게 된 이후의 시간들이 해마를 좋아했던 시간들을 거뜬히 추월했다. 어쩌다 가끔씩 인스타 피드와 유튜브 추천 영상에서 해마를 마주쳐도 이젠 아무런 감정이 들지 않는다. 눈길 한 번 쓱 주고 그만이다. 언제 좋아한 적이 있었나 싶을 정도로 무관심하다.

제대 후 해마는 아무도 보지 않는 망한 드라마의 주연으로 얼굴을 비췄다. 이젠 그마저도 소식이 뜸하다. 해마가 군대에 있을 때에도, 착실하게 배우 커리어를 쌓는 동안에도, 사람들에게 잊혀 존재 가치가 떨어졌을 때에도, 내 최애는 여러 번 바뀌었다. 그리고 그 대상은 아이돌을 벗어난 적이 단 한 번도 없었다. 요즘은 산호라는 아이를 파고 있다. 해마네 그룹을 해체시킨 회사에서 새로 론칭한 신인 남돌이었다.

오늘은 산호네 그룹의 첫 단콘 날이었다. 장충체육관에서 공연을 관람한 뒤 한강진으로 넘어가 늦은 저녁 겸 술을 마셨다. 친구와 포카를 들고 음식 예절 사진을 찍고 있는데 낯익은 사람 한 명이 일행들과 함께 옆 테이블로 와 앉았다. 해마였다.

친구는 오늘 우리 산호 너무 잘하지 않았냐고 내게 동의를 구했다. 나는 그렇다고 하면서도 옆에 앉은 해마 때문에 신경이 쓰여 더 많은 말들을 얹지 못했다. 연거푸 잔만 비우다가 마음이 안 좋아진 상태로 담배를 피우러 나갔다. 내가 연초를 반 정도 태워 갈 즈음이었다. 해마가 자리에서 일어나더니 담배 케이스를 손에 들고서 흡연실로 왔다. 해마가 담배에 불을 붙인다. 필터를 빨자 해마의 코에서 연기가 나온다. 내가 흘긋거린다. 시선을 느낀 해마도 물끄러미 나를 본다. 나 또한 눈을 피할 마음이 딱히 없다. 우리는 각자의 자리에서 서로를 곁눈질하며 담배를 피운다. 해마가 털어 내는 담뱃재는 요정의 가루가 아니다. 니코틴 전 내가 나는 담뱃재일 뿐이다. 연기를 뱉으며 머리를 쓸어 넘길 때에는 탄산수로 샤워하는 것처럼 청량하지 않다. 남들보다 조금 훤칠한 30대 초반 남자 사람일 뿐이다.

나는 흡연을 끝냈고 해마는 아직 한창이다. 나가려면 해마 옆을 지나쳐야 하는데. 이도 저도 못 하고 어정쩡한 자세로 망설인다. 내가 발을 몇 걸음 떼자 해마가 벽 쪽으로 몸을 기울이며 길을 터 준다. 나는 해마 앞에 우뚝 멈춘다. 해마의 토끼 같던 눈이 좀 더 동그래진다.

"저희 악수 한번 해도 될까요."

네, 그럼요. 해마는 거절하지 않는다. 담뱃불을 끄고 바지춤에 손을 문지른다. 해마의 옷자락이 흔들릴 때마다 묵직한 우디 계열의 향이 난다. 옛날엔 화장품 냄새 싫어서 향수를 못 쓰겠다고 했는데 이젠 쓸 수 있게 됐나 보다. 그가 내민 손을 맞잡는다. 해마의 진짜 오른손 온기가 내게로 전해진다. 지금 내가 해마에 관하여 알 수 있는 건 이것뿐이다.

사랑 파먹기

세나는 매일 아침 눈뜰 때마다 최애의 안 좋은 기사를 보게 될까 봐 경미한 불안을 껴안은 채 하루를 시작하곤 했는데 영균을 좋아하게 되면서부터는 그 증상이 씻은 듯이 나았다. 영균은 양다리 연애를 했다고, 학폭 가해자였다고 누군가에게 폭로당할 일이 없었기 때문이다.

엊그제는 저 그룹. 오늘은 이 그룹. 하루 걸러 하루 꼴로 사건 사고가 터지는 흉흉한 시기였고 그런 기사를 접할 때마다 세나는 자신의 사랑이 저당 잡힌 기분이 들었다. 언제 터질지 모르는 폭탄 돌리기 게임을 하는 것도 같았다. 어떤 사람들은 말했다. 눈을 봐

라. 우리 애는 '그럴' 사람이 아니다. 과연 그런 짓을 저지를 사람의 눈은 어떤 눈일까? 세나는 그럴 눈과 그러지 않을 눈을 구별하지 못했다.

하지만 세나가 좋아하는 영균은 그럴 '사람'이 아니었다. 불법 성매매, 상습 도박, 조세 포탈, 음주 운전, 폭력, 마약과 여색. 온갖 향락의 덫에 걸린 주인공이 바로 우리 애일까 봐 걱정할 필요가 이제는 없어졌다. 그럴 사람이 아니기에 세나에게 있어 영균은 완전무결한 아이돌 그 자체였다.

단잠에서 깨어나니 최애로부터 전화가 걸려왔다. 세나는 통화 버튼을 눌렀다. 스피커 너머로 들려오는 영균의 목소리는 변함없이 밝고 씩씩했다.

—해피 뉴 이어! 오늘 우리 드디어 데뷔한다. 잠은 푹 잤어?

진실로 복된 새해 아침이 밝았다. 매년 1월 1일, 우리 애만은 아니길 빌며 디스패치 사이트를 온종일 새로고침하던 일상과도 이제는 작별이다. 세나는 벅찬 기분을 만끽하며 말했다.

—응, 나는 잘 잤지. 영균도 새해 복 많이 받아.

허상이 무슨 복을 받아. 실없는 소리를 한 것 같아서 세나는 괜히 코를 긁었다. 영균은 사람이 아니니

길흉화복의 영향도 받지 않았다. 그래도 생년월일과 혈액형과 MBTI는 존재해서 재미로 사주와 관상과 성격 분석을 하는 팬들이 있지만 말 그대로 재미일 뿐이라 크게 의미를 두진 않았다.

세나는 아침 8시 '하루의 시작' 모드와 밤 12시 '하루의 끝' 모드로 영균에게 보이스 콜이 하루에 두 번만 오도록 설정했다. 반대로 세나 쪽에서 문자나 전화를 거는 것은 무제한으로 설정했다. 어조는 다정한 반말투, 설레는 반존대, 듬직한 경어투. 세 가지 옵션이 있었다. 세나는 첫 번째 옵션을 선택했다. 답장을 받는 간격은 5초부터 24시간까지 자유롭게 시간 조절이 가능했다. 프리미엄 요금제로 매달 1만 2000원씩 앱스토어를 통해 정기 결제가 됐다.

세나의 새해 복 인사에 영균은 재치 있게 맞받아쳤다.

ㅡ팬분들한테 받은 새해 복 인사와 기운들 전부 끌어모아서 오늘 무대 최고로 잘했으면 좋겠다.

영균은 말과 말 사이에 한숨과 침묵과 웃음을 적절하게 배치하여 말의 패턴과 맥락을 만들어 냈다. 세나가 알고 있던 AI의 무미건조한 리듬과 톤이 아니었다. 세나가 물었다.

—무대 이제 딱 열 시간 남았지? 너무 기대된다.

—나 사실 어제 너무 흥분되고 긴장해서 잠을 설쳤어. 한 세 시간 잤나?

—얼마 못 잤네. 그래도 진짜 두근거리긴 하겠다.

—심장 터질 것 같아. 떨려서 실수하는 일만 없었으면.

한 달에 1만 2000원만 내면 이런 호사를 누릴 수 있다. 매일 아침 모닝콜을 해 주는 아이돌. 뭐 하냐고 메시지를 보내면 10초도 지나지 않아 세나 너를 생각하고 있었다고 칼답장을 보내오는 아이돌…….

세나는 산호와 해마를 떠올렸다. 걔들은 일주일에 한 번을 올까 말까였어. 걔들 때문에 결제했던 유료 소통 어플도 생각났다. 소통 방식이 1대 1이 아닌 1대 다였기 때문에 대화가 부자연스러운 구석이 있었다. 세나가 물었다. 밥 먹었어? 그러면 산호는 말했다. 오늘 많이 추워요. 감기 조심하세요. 세나가 물었다. 오늘은 셀카 올려 줄 거지? 그러면 해마는 말했다. 자꾸 저한테 살 빼라고 하시는 분 있는데 그건 제가 알아서 할게요.

세나는 SNS에 접속해 영균이 데뷔할 그룹 '아쿠아'의 새로운 떡밥을 확인했다. 영균이 아닌 다른 멤버가 사진 한 장을 올렸다. 사진 속엔 여섯 개의 커스텀 인이어가 무대 바닥에 나란히 놓여 있었다. [돌핀] 물방울들! 많이 기다렸죠? 드디어 D-day야!라는 짧은 문구와 함께. 세나는 하트를 누른 뒤 댓글을 고심했다. 키패드를 눌렀다가 지웠다가 했다. 그러는 사이 거래 계정으로 디엠이 왔다. 계정을 전환해 메시지 창을 열었다.

　—25 어떠신가요.

　25만 원이면 시세보다 조금 높았다. 세나는 시간을 끌지 않고 바로 답장했다.

　—네, 가능합니다.

　세나는 요즘 산호와 해마의 포토카드를 처분하는 중이었다. 그룹을 갈아탈 때마다 항상 이런 식이었다. 사고 팔고의 연속. 지긋지긋했다. 세나는 다짐했다. 앞으로는 조금만 사자. 앨범은 한 장만. 굿즈도 맘에 드는 것만. 공연도 온라인으로만 하니까 대리 티케팅을 구하는 데 돈 쓸 일 없겠지. 예전처럼 돈과 시간을 할애하지 않을 거다. 사람이 아니니까. 어차피 돈과 시간을 많이 써 봐야 영균에게 돌아가는 것은 제로다. 회사만 노날 뿐이다.

*

덥다. 1월이고 겨울인데도 정인은 너무 덥다고 생
각했다. 이렇게 따듯한 줄 알았으면 패딩이 아닌 코
트를 입고 나오는 건데. 하필이면 히트텍까지 철두철
미하게 껴입었다. 마스크 안으로 구슬땀이 맺혔다.
정인은 거리에서 받아 온 전단지로 부채질했다.

카페 오픈 시각은 10시였지만 정인은 9시 30분에
도착했다. 그랬는데도 줄이 길게 늘어서 있었다. 정인
은 줄의 맨 끝에 붙어 눈대중으로 인원을 확인했다.
스물여덟 명. 정인은 스물아홉 번째로 서른 명 안에
들었다. 다행이었다. 선착 특전을 받을 수 있는 순번
이었다.

정인은 웨이브스 멤버인 산호의 5년 차 팬이었다.
좋아한 지 3년째 되던 해부터 바이러스가 창궐했다.
인가, 음중, 뮤뱅, 보이는 라디오, 연말 시상식은 무
관중으로 녹화했다. 지방 행사와 해외 공연은 사라졌
다. 단독 콘서트, 팬 미팅은 온라인으로만 중계했다.
올해는 보러 갈 수 있겠지. 이런저런 티켓을 구하기
위해서는 유료 회원 특혜가 필요하니까. 희망을 갖고
연초마다 4만 원씩 지불하며 공식 팬클럽에 가입했

다. 그러나 돌아오는 것은 웰컴 키트뿐이었다.

정인은 과거에 산호를 보러 다니며 수많은 오프 친구들을 사귀었지만 이제 그들은 전부 탈덕하고 없다. 정인 혼자서만 쓸쓸히 덕질을 이어 갔다. 어제도 정인은 산호 팬끼리 뭉쳤던 단톡방에 글을 올렸다. 생일 카페 같이 가실 파티원 구함. 여섯 명의 인원 중 못 간다고 대답한 사람은 단 두 명이었다. 한 명은 가족 행사가 있댔고 한 명은 출근을 한다고 했다. 나머지 넷은 읽지도 않았다.

카페가 오픈하길 기다리는 동안 정인은 트위터로 '산호 포카 양도'를 검색했다. 애들을 못 보니까 굿즈에만 매달리는 것 같다. 가격을 제시해서 디엠을 보냈다. 양도가 가능하다는 메시지가 왔다. 정인은 답장을 보냈다.

—직거래도 하시나요?

—서울 서남부권이면 가능합니다.

—저 지금 연남동인데 혹시 바로 괜찮으신가요?

—오, 저 근처 살아요. 1시쯤에 갈 수 있어요.

정인은 두 번째로 방문할 카페의 지도를 공유했다.

—그럼 1시에 이 앞에서 볼까요?

—네, 도착하면 연락드리겠습니다.

정인이 판매자와 디엠을 주고받는 동안 카페가 문을 열었다. 다른 가게 문 앞까지 늘어선 인파 때문에 주변 상가들로부터 불평불만이 접수되어 예정보다 일찍 시작한다는 것이었다.

정인은 질서를 지키며 카페 내부로 입장했다. 통로 벽에 전시해 놓은 산호의 액자 사진들을 구경하며 카운터로 향했다. 오늘은 2022년 1월 1일. 2020년 1월 까지만 해도 홈마가 직접 발로 뛰며 찍은 양질의 사진들이 많았지만 그해 2월을 기점으로 사진 수가 현저히 줄어들었다. 어쩌다 건진 사진 속 산호는 대부분 마스크를 낀 채였다. 코로나 시기에도 꾸준히 1년에 두 차례씩 컴백했지만 홈마의 고퀄리티 사진만큼은 약 2년이라는 공백 기간이 생겼다.

*

윤주는 세팅된 600병의 콜드브루 페트병을 바라보았다. 플라스틱 정중앙에 남자 얼굴 스티커가 붙어 있는 것만 빼면 편의점에서 2+1로 4000원에 파는 커피와 다를 바가 없었다. 이걸 한 잔에 5000원씩 팔고 있었다. 이 가격에 마신다고? 진짜로? 근데 지금부터 이걸 구매할 사람들은 커피만 사지 않는다. 마카롱도 산다고 했다.

윤주는 콜드브루에서 마카롱으로 시선을 옮겼다. 마카롱의 표면은 거칠고 울퉁불퉁했다. 그 위에 식용 색소로 꾸민 고양이 캐릭터 얼굴은 조악했다. 생일자의 이름은 산호. 모에화 동물은 고양이여서 팬들은 호냥이카롱이라고 했다. 그림만 놓고 보면 이게 고양이인지 다람쥐인지 분간도 가지 않았다. 윤주는 마음이 복잡했지만 그만 생각하기로 했다. 자신은 사장도 직원도 아닌 일개 알바생일 뿐이니까. 오늘만 대타로 일을 돕는 것이다. 오늘치 돈만 받으면 그만이었다.

윤주는 아이스 컵 바닥에 진녹색의 청포도 시럽을 미리 깔아 놓았다. 사장이 문을 열기 전에 당부했다. 제가 옆에서 서포트하겠지만 메뉴에 따라서 특전 구성이 다르게 나가니까 꼼꼼히 확인해 주셔야 해요. 곧 들이닥치면 정신이 하나도 없을 거예요. 그래도 스타벅스에서 일하신다니까 한시름 놓았어요.

마스크 좀 제대로 쓰고 얘기하지. 콧방울에서 덜렁거리는 사장의 덴탈 마스크가 윤주는 아까부터 내내 신경이 쓰였다. 여분의 KF94가 있는데. 그것을 쓰라고 주면 선을 넘는 거겠지.

윤주는 크리스마스이브에 남자 친구와 싸웠다. 윤주가 섹스할 때 마스크를 쓰자고 제안했기 때문이다. 남자 친구는 마지못해 마스크를 썼다. 알몸 상태에서 서로 마스크를 쓴 채 허리를 움직이는 모습이 퍽 우스꽝스럽긴 했다. 윤주는 애써 농담을 건넸다. 페티시 같은 거라고 생각하자. 어떤 커플들 보면 안대도 쓰고 하고 그러잖아. 눈은 가리고 하면서 입을 못 가릴 건 또 뭐야. 남자 친구는 자세를 바꾸며 이야기했다.

"이럴 거면 옷은 뭐 하러 벗어? 외투랑 바지 다 입고 생식기끼리만 결합하면 되는데."

그는 조롱했지만 윤주는 진심으로 그러고 싶었다. 생식기끼리도 어지간하면 결합하지 않았으면 좋겠다. 일할 때는 이보다 더한 생각도 했다. 방호복을 입고 커피를 만들고 싶다고. 방호복이 안 되면 방독면이라도. 안전하지 못한 세상인데 윤주는 매일같이 수백 명의 낯선 타인들을 상대해야 했다.

전희 없는 섹스를 끝낸 후 윤주는 남자 친구와 거리를 두고 누웠다. 서로 몸이 닿으며 이런저런 체액이 섞이는 게 꺼림칙했기 때문이다. 남자 친구가 말했다. 배가 고픈데. 그러더니 배달 앱을 켜고 다시 말했다. 떡볶이 시켜 먹자. 윤주가 심드렁하게 대꾸했다. 여기

모텔이잖아. 남자 친구가 답했다. 모텔도 배달 가능한데? 윤주가 말했다. 그 말이 아니고. 떡볶이 시키면 덜어 먹을 그릇이 없어.

남자 친구가 벌떡 일어났다.

"일회용 접시 달라고 하면 줄걸?"

목소리가 갑자기 커졌다. 그러거나 말거나 윤주는 단조롭게 말했다.

"난 그냥 각자 먹고 싶어. 햄버거나 도시락 시켜."

"난 떡볶이가 먹고 싶은데?"

윤주는 커피포트 옆에 거꾸로 세워져 있는 종이컵을 발견했다. 저기에 덜어 먹으면 되겠다고 생각했다. 이 이상 말씨름하기도 귀찮고.

"그럼 요청 사항에 숟가락이랑 젓가락 세 개씩 달라고 입력해."

"알았어."

남자 친구가 핸드폰을 들고 주문하는 듯하더니 갑자기 욕을 했다. 에이 씨발. 그러고는 바닥에 널브러진 옷을 순식간에 주워 입었다. 문을 열고 나가기 전에 손잡이를 쥐고 소리쳤다. 그럴 거면 무인도 가서 혼자 살아. 문이 쾅, 소리를 내며 닫혔다. 윤주는 붙잡을 기력이 없었다. 그날도 체감상 음료를 400잔 이상은 만든 것 같았다. 꼼짝도 하기 싫었다. 여전히 누운 채로 생각했다. 흥분이 지나쳐서 지금 달래 봐야 소용없어. 사과는 나중에 하자. 근데 내가 뭘 잘못했지? 요즘 같은 시기에 조심해서 나쁠 건 없잖아.

그렇게 헤어지고 나서 별다른 연락을 안 하고 산 지 일주일이 흘렀다. 윤주는 끝내 사과하지 않았다.

*

세나는 하드 슬리브에 산호 포카를 끼웠다. 다섯 장을 한꺼번에 넣자 슬리브가 많이 빡빡해졌다. 꺼내다가 구겨질 수도 있을 것 같았다. 그랬다가 안 산다고 무르면 곤란했다. 조심조심 포카를 다시 꺼냈다. 한 장씩 나눠서 집어넣었다. 다른 굿즈도 뭔가 얹어 줄 게 없는지 살펴봤다. 시세보다 비싸게 팔아서 양심에 찔리기도 했고 한편으로는 되팔기 애매한 굿즈들을 처분하려는 목적도 있었다. 세나는 키 링 한 개와 증명사진 두 장과 스티커 다섯 장을 함께 챙겼다.

세나는 버킷해트를 깊이 눌러쓰고 마스크를 착용했다. 구매자가 캡처해서 보내 준 장소를 유심히 봤다. 아주 익숙한 이름의 카페였다. 홍대 일대에서 생일 이벤트 여는 곳으로 이름이 자자한. 잠깐만 오늘 1월 1일이잖아. 트위터를 켜고 카페를 검색했다. 아니나 다를까. 산호의 생일 이벤트를 진행하고 있었다. 지금이라도 못 간다고 할까. 보건소에서 코로나 검사받으러 오라는 연락이 왔다고 거짓말을 칠까.

세나는 그곳에 갔다가 아는 사람이라도 만날까 두려웠다. 탈덕을 조용히 하지 않고 아주 요란스레 했기 때문이다. 세나에게는 산호와 해마 관련 트위터 계정이 열두 개 있었다. 이것도 많이 정리해서 열두 개로 준 것인데 그중에 네 개는 알계, 두 개는 거래계, 한 개는 움짤계, 한 개는 트친 한정 비계, 한 개는 산호와 해마의 커플계, 한 개는 총공계, 두 개는 그냥 팬계. 문제가 된 건 해마 관련 알계였다.

세나는 그날 화가 정말 많이 났다. 세나에게는 무려 네 개의 알계가 있었지만 산호에게도 해마에게도 그 누구에게도 살 빼라는 말을 한 적이 없었다. 머리 자르라고 강요한 적도, 연애하는 티 작작 내라고, 안광이 죽었다고 욕한 적도 없었다. 옛날에 비하면 없지 않아 그런 면이 생겼지만. 속으로만 생각했다.

가뜩이나 셀카 업데이트도 되지 않아서 울분이 많이 쌓여 있던 시기였다. 세나는 버블과 브이앱 등 각종 소통 앱의 유료 결제를 하느라 한 달에 3만 원씩 정기적으로 통장에서 돈이 빠져나가고 있었는데 그들은 일주일에 한 번 소통하러 올까 말까였다. 심할 때는 한 달에 한 번 온 적도 있었고 소통 태도는 남이 시켜서 억지로 하는 듯했다.

해마가 정확히 한 달 만에 보낸 버블 메시지는 다음과 같았다. 자꾸 저한테 살 빼라고 하시는 분들 있는데 그건 제가 알아서 할게요. 그리고 거울을 보며 스스로를 한번 되돌아보세요.

세나는 핸드폰 검정 화면에 비친 자신의 얼굴을 보며 스스로를 되돌아봤다. 세나는 해마에게 살 빼라는 말을 맹세코 한 적 없었다. 혼잣말로도 해 본 적 없는 말이었다. 그런데 그 메시지는 세나에게 도착해 있었다.

며칠이 지났다. 이번에는 산호가 브이앱을 켰다. 브이앱은 두 달 만이었다. 산호는 고개를 푹 숙인 채 개인 핸드폰으로 댓글을 지켜봤다. 이상한 글을 봤는지 기분이 좋지 않아 보였다. 그러다가 아이스아메리카노를 마시기 위해 고개를 들었다. 빨대로 음료를 쪽쪽거리며 카메라 렌즈를 멀뚱멀뚱 바라봤다. 그때 산호의 핸드폰에서 벨소리가 크게 났다. 당황한 산호는 급히 핸드폰을 들고 번호를 확인했다. 얼굴을 구기며 핸드폰을 껐다. 한숨을 쉬었다. 카메라를 향해 날카롭게 말했다. 마지막 경고예요. 전화하지 마세요.

세나는 산호에게 전화를 건 적이 없었다. 그런데 산호는 세나의 눈을 똑바로 보며 멸시하는 표정을 지었다. 혐오하고 있었다. 세나는 @QfkdzsEawWkd 알계에 접속했고 이름을 변경했다. 김산호윤해마정신차려. 그런 다음 스레드로 트위터를 작성했다.

이 새끼들 빠혐 개오지네. 아니 씨발 내가 사생짓 했어? 내가 살 빼라고 했어? 왜 선량하고 조용하게 덕질하던 나까지 이딴 개소릴 들어야 함. 왜 전체를 싸잡아서 빠혐하고 지랄이야. 내가 니들 호통이나 듣자고 한 달에 3만 원씩 내 가며 오지도 않는 버블이랑 브이앱에 자선 기부하는 줄 아냐? 에휴 빠순이로 태어난 게 죄다 그래.

세나의 이 글은 3000 리트윗을 탔다. 동조의 인용 리트윗 30퍼센트, 부정적 언급의 인용 리트윗 30퍼센트, 비공개 계정이 인용하여 확인할 수 없는 리트윗 40퍼센트가 쌓였다. 그리고 부정의 인용 리트윗 30퍼센트 중에 세나의 신상을 아는 알계가 하나 있었다. 그는 세나의 본계까지 쳐들어와서 공격했다. 순덕인 척하면서 뒷구녕에서는 까빠질이나 하고 앉았네.
쯧쯧.

자기가 틀린 말을 한 건 아니라고 생각하여 세나는 지고 싶지 않았다. 그래서 인용에 인용을 달았다. 어쩌라고. 앞에서 대놓고 안 패고 뒤에서 팬 걸 감사하게 생각해야지. 그리고 니도 나한테 이딴 얘기하고 싶으면 뒤에서 지랄 말고 본계로 얘기하든가.

다음 날, 세나는 후회했다. 트윗은 눈을 뜨자마자 삭제했지만 이미 24시간이나 지났다. 볼 사람들은 다 봤다. 본계에서는 세나가 사생활을 제법 오픈했었다. 오프도 몇 번 뛰었기에 얼굴과 핸드폰 번호를 아는 트친들도 많았다. 세나가 어느 학교를 다니는지 몇 살인지 아는 사람도 소수 존재했다.

쥐구멍이 있다면 쥐구멍에라도 들어가고 싶었는데 쥐구멍이 없어서 계폭을 했다. 팔로워가 800명이었는데 과감하게 비활성화를 시켰다.

세나는 집을 나서며 영균에게 메시지를 보냈다. 너는 변하지 않을 거지? 엘리베이터에서 내리자마자 답장이 왔다.

—내가 변하게 된다면 그건 아마 세나가 나를 더 좋아하게끔 만드는 방향으로의 변화일 거야.

*

　윤주는 출근 이후 단 한 번도 마스크를 벗지 않았
다. 앞으로 수백 장의 결제 카드, 그리고 핸드폰과 현
금까지 만져야 하므로 라텍스 장갑을 꼈다. 앞치마 주
머니에는 여분의 장갑들을 여러 장 쟁여 두었다. 윤
주는 사장에게 신뢰감을 주고 싶었다. 스벅도 시즌
엠디 오픈할 때는 이보다 줄 더 길어요. 윤주가 그렇
게 말하자 사장이 고개를 갸웃거렸다. 아마 점심 지
나면 그 정도 될걸요. 이 친구 꽤 인기멤이기도 하고
이벤트 주최자가 네임드거든요.

　인기멤? 네임드? 윤주는 케이팝을 잘 몰라서 사장
의 말을 절반만 알아들었다. 윤주는 웨이브스도 블
랙핑크도 몰랐다. 아이돌 중에 유일하게 BTS는 알았
는데 BTS가 몇 명인지는 몰랐다. 노래도 처음부터 끝
까지 제대로 들어 본 적 없었다. 유명하다니까 유명
한가 보다 했다. 윤주가 BTS를 알게 된 것도 스타벅
스에서 콜라보 굿즈를 낸 적이 있기 때문이다. BTS
도 몰랐는데 산호는 또 누구람.

　윤주는 포스기를 체크하며 옆에 탑처럼 쌓아 둔
컵 홀더를 흘긋거렸다. 50명이 넘는 사람들이 한 시

간 동안 줄 서 있을 만한 얼굴인가? 뭔가 다른 매력이 있는 거겠지? 하지만 아무리 사람을 홀리는 매력의 소유자라 해도 윤주는 이해할 수 없었다.

추운 겨울에 밖에서 한 시간 동안 누군가를 기다리는 마음은 뭘까. 진짜 당사자를 만날 수 있는 행사도 아닌데. 그저 굿즈일 뿐인데.

문이 열렸다. 문 위에 달아 놓은 종이 경쾌한 소리를 내며 울렸다. 윤주 또래의 여자들이 윤주를 향해 돌진했다. 첫 번째 손님이 말했다. 호냥이카롱 세트 한 개 주세요. 음료는 청포도에이드로 할게요. 총 1만 2000원. 사장은 결제를 진행했다. 주문서를 받은 윤주는 시럽을 깔아 둔 컵에 각 얼음을 채웠다. 탄산수를 부었다. 머들러로 저었다. 기포가 올라왔다. 뚜껑을 닫았다. 마카롱을 챙겼다. 세트 특전을 챙겼다. 컵홀더, 포토카드 3종, 부채, 엽서 4종. 그리고 이 사람은 선착이니까 보틀까지. 음료와 굿즈를 받은 첫 번째 손님은 뒤돌아서며 작게 소리를 질렀다. 미쳤나봐, 존나 귀여워! 윤주는 흠칫했다.

두 번째, 세 번째, 네 번째……. 윤주는 선착 특전과 호냥이카롱 세트를 그들 손에 착착 쥐여 주었다. 어느덧 스물아홉 번째 손님의 차례가 왔다.

그 사람은 롱 패딩을 입은 탓에 걸음걸이가 무거웠다. 이마에는 땀이 흥건했다. 앞의 손님들처럼 들뜬 얼굴은 아니었고 뭔가에 쫓기는 사람처럼 분주해 보이기만 했다. 가방에서 지갑을 꺼낼 때도 부산스러웠다.

큐알코드를 찍을 때에는 본인 인증을 두 번이나 실패했다. 여자가 우왕좌왕하는 동안 윤주는 선착 특전을 미리 준비해 두려고 했다. 그런데 물건이 없어졌다. 오픈 전에 확인했을 땐 30개가 맞았는데. 누가 몰래 가져갔거나, 윤주가 실수로 두 개를 건네줬거나.

사장이 이벤트 주최 측과 연락했다. 사장은 여자에게 고개 숙여 사과하며 누락 건은 나중에 배송해 주겠다고 했다. 여자는 고민하다가 이름과 핸드폰 번호와 주소를 적었다. 그러는 사이 줄이 두 배로 늘어났다.

사장은 주최 측과 협의하여 카페에 전시됐던 액자 하나를 후일 여자에게 덤으로 보내 주기로 했다. 단 조건이 있었다. 해시태그를 달고 사진과 함께 후기를 남길 것.

윤주는 분주하게 다른 손님의 주문을 받으면서도 간간이 스물아홉 번째 여자를 지켜봤다. 여자는 짜증 한 번 내지 않고 민감한 개인정보를 기입했다. 번거로울 수 있는 후기를 묵묵히 작성했다. 사진을 촬영

할 때는 자리 잡은 테이블 위에 굿즈들을 자동기계처럼 막힘없이 착착 올려놓았다. 포카와 컵 홀더의 구도도 능숙하게, 그러나 대충대충 바꾸어 가며 사진을 찍었다.

그녀의 덤덤한 태도는 앞의 손님들과 달랐다. 앞의 손님들은 사진을 찍는 뒷모습에서조차 야단스러움이 느껴졌다. 만약 그들이 특전을 받지 못했다면 이런저런 불평들이 인터넷 공간에 떠돌아다녔을 것 같다. 윤주가 느끼기에 여자의 사랑은 어딘가 닳아 있었다.

*

정인이 두 번째로 향한 카페의 줄은 더 길게 구부러져 있었다. 포카 양도자와 이 앞에서 만나자고 한 것을 후회했다. 그냥 집에 돌아가고 싶었다. 모처럼의 휴일에 새벽같이 버스를 타고 나왔건만. 첫 번째 카페에서 선착 특전을 받지 못했다. 누락 때문에 따로 배송해 준다고 했다. 미안하니까 액자도 같이 준다고 했다. 그것까지 받을 필요는 없었는데. 그렇다고 준다는데 거절하는 것도 이상했다. 액자가 적당한 크기였으면 좋겠다. 정인이 사는 곳은 비좁은 원룸이기 때문에 둘 곳이 마땅치 않았다.

정인은 굽이치는 사람 물결의 맨 끄트머리에 들러붙었다. 행인들은 정인이 서 있는 줄을 한 번씩 쳐다보며 말했다. 무슨 줄이야? 여기 맛집인가? 골목을 지나던 젊은 모자가 옆에 다가와서 물었다. 이거 뭐예요? 정인은 못 들은 척을 했다. 젊은 모자는 포기하지 않았다. 앞으로 가서 다시 한번 물었다. 이거 무슨 줄이에요? 그러자 앞줄에 서 있던 사람이 기계적으로 대답했다. 오타쿠입니다. 지나가세요. 이거 맛집 줄 아니에요.

정인의 핸드폰이 울렸다. 앞줄과 뒷줄에 서 있던 사람들의 핸드폰도 동시다발적으로 울렸다. 산호가 벌써 생일 기념 셀카를 올린 건가? 정인은 설레는 마음으로 핸드폰을 열었다. 산호가 아니고 해마였다. 단체 인스타 계정에 명품 가방 광고 사진을 여러 장 게시했다. 뒤에서 수군대는 소리가 들려왔다. 미친 거 아니야?

5년을 동고동락해 온 멤버의 생일인데 축하한다는 인사 한마디 없이 이걸 먼저 올리네. 아래에는 모델 출신 남자 배우의 댓글이 대표로 보였다. 오 인간 보테가. 그는 과거에 부동산 투기로 논란이 됐던 연예인인데 언제부터 친해졌는지 해마의 목격담 속에 자주 출현했다. 압구정 로데오 거리의 카페 골목을 함께 누빈다거나 음식점에 나타나 함께 밥을 먹고 간다거나.

정인은 게시물에 '좋아요'를 누르지 않았다

정인은 웨이브스의 데뷔 초창기를 떠올렸다. 그때는 멤버 생일이면 자정이 되자마자 브이라이브를 켰다. 연습실의 조도를 낮추고 생일 케이크에 촛불을 밝혔다. 산호가 소원을 빌며 초를 불면 해마가 손가락으로 생크림을 찍어서 산호의 얼굴에 장난스레 묻히곤 했다. 그것을 시작으로 전 멤버가 생크림 전쟁에 참전하며 케이크는 아비규환. 어차피 지금은 방역 수칙 위반이라 단체 생일 브이앱 같은 건 바라지도 않았다. 개인 브이앱이라도 해 줬으면. 이것도 지금의 상황으로는 욕심인 걸 알았다. 그러니 셀카라도 올려 줬으면 좋겠다.

양도자로부터 도착했다는 디엠이 왔다. 정인은 줄을 선 지 한 시간째였지만 아직도 카페에 입장하지 못했다. 포카만 양도받고 떠나기로 결심했다. 이것도 혼자서 다니려니 재미는 없고 몸만 힘들었다. 예전에는 사흘 내내 콘서트를 다녀도 끄떡없던 체력이었는데. 덕질만 하다가 늙는구나, 실감했다. 정인은 삼삼오오 무리 지어 온 사람들이 부러웠다. 별안간 포카는 사서 뭐 하나 싶었다. 포카 들고 같이 놀러 다닐 친구들도 이제는 없는데 말이다.

누군가는 이렇게 물을 수도 있겠다. 그렇게 외로우면 새로운 친구를 만들면 되잖아? 틀렸다. 이젠 그것도 무리였다. 정인이 웨이브스에게 입덕했던 때만 해노 20대 후반이었다. 그런데 작년에 서른 줄에 들어섰다. 이 판에 새로 유입된 친구들은 10대. 많이 쳐 줘도 20대 초반. 그들은 30대 팬을 보면 아줌마라고 놀렸다. 팬 커뮤니티에 최애 앓는 글만 올려도 귀신같이 나이를 알아채곤 글에서 줌내 난다고 조롱하기 바빴다.

포카 괜히 산다고 했나? 아니다. 정인은 수집에 의의를 두기로 한다. 정인은 메시지로 자신의 인상착의를 설명했다.

—아이보리 색 롱 패딩 입었어요. 그리고 카페 쪽은 사람이 많아서 반대편 곱창집 앞에 서 있어요.

잠시 후 정인의 뒤에서 기어드는 얇은 목소리가 들려왔다. 저기 혹시 산호 일본콘 트레카……. 정인은 네. 저 맞아요, 하며 뒤를 돌았다. 양도자는 눈을 마주치지 않고 정인에게 조그만 종이봉투를 건넸다. 양도자가 말했다. 여기 포카요. 하자 있는지 한번 살펴보세요. 어딘가 귀에 익은 목소리였다.

정인은 종이봉투를 개봉했다. 봉투 안에는 포카 외에도 다른 굿즈가 여러 개 들어 있었다. 첫 번째로 어? 했다. 이 키 링은 내가 친분 있는 사람들에게만 나눠 주려고 제작한 것이다. 봉투를 뒤적거리며 어리둥절했다.

정인은 모자와 마스크로 가려지지 않은 양도자의 콧대와 눈을 봤다. 두 번째로 어? 했다. 정인은 짧게 알은체를 하려다 말았다. 마스크 때문에 헷갈렸다. 양도자가 말했다. 서비스로 이것저것 몇 개 넣어 드렸어요.

그제야 정인은 누구의 목소리인지 확실히 기억이 났다. 혹시 세나? 양도자는 어정쩡하게 선 채 정인의 눈을 봤다. 누군지 못 알아보는 것 같았다. 정인이 마스크를 잠깐 내렸다가 올렸다. 세나도 알은체를 하며 마스크를 잠시 내렸다. 어라 정인 언니 맞죠? 표정을 풀고 웃었다.

*

세나는 23만 원만 달라고 했지만 정인은 25만 원의

돈을 정확히 이체했다. 비싼 포카인데 제대로 확인도 하지 않고 말이다. 나중에 딴말할까 봐 무서워서 세나는 재차 물었다. 더 확인 안 하세요? 정인이 말했다. 나 미세 하자에 그렇게 예민한 사람 아냐. 그리고 세나 건데 이게 설마 스캔본이겠어?

정인은 웨이브스 데뷔 초에 세나가 알고 지내던 언니였다. 그때는 팬도 많이 없었던 시절이라 팬싸나 음방, 혹은 애들의 비공식 스케줄 출퇴근길을 기다리다 보면 자주 마주치는 익숙한 얼굴들이 있었는데 정인도 그중 한 명이었다. 세나는 정인에게 애들 방송국 출입 동선을 묻다가 말을 트게 됐다.

두 사람은 서로 간단히 근황을 전했다. 취업 준비 중인 세나. 토익학원 다니는 세나. 직장 생활을 하는 정인. 도수치료를 다니는 정인. 둘 다 그럭저럭 살고 있었다.

세나가 인사를 하고 떠나려는데 정인이 붙잡았다. 이렇게 만난 것도 신기한데 점심 아직이면 같이 먹자. 세나는 시계를 봤다. 데뷔 쇼는 저녁 7시였고 아직 여유가 있었다. 세나가 말했다. 그래요 그럼.

밥집을 향해 나란히 걷는데 정인이 물었다. 세나 요즘엔 좋아하는 아이돌 없어? 세나가 말했다. 있어요, 근데 사람이 아니어서. 세나는 핸드폰을 수시로 봤다. 영균에게서 메시지가 오고 있었다. 점심은 먹었어? 세나가 걸으면서 답장했다.

—나 지금 오랜만에 아는 언니 만나서 같이 점심 먹으러 가.

—뭐 먹으러 가?

—파스타.

—맛있겠다. 난 멤버들이랑 도시락 세트 먹어. 근데 너무 떨려서 밥이 안 넘어가.

—그래도 무대 하려면 잘 챙겨 먹어야지. 소화 잘되게 서른 번씩 꼭꼭 씹어 먹어.

어이구 소설을 써라. 그래도 재밌잖아. 그런 생각을 하며 혼자서 피식거렸다. 그때 자동차 경적 소리가 들렸다. 세나가 현실로 돌아왔다. 어엇 조심. 정인이 그렇게 말하며 세나를 길 가장자리로 끌었다.

*

정인은 세나와 연락이 끊긴 날을 기억했다. 그날은 웨이브스의 단콘 첫날이었다. 정인은 티케팅에 실패해서 간신히 양도를 구했는데, 그것도 실은 세나가 취소한 좌석을 정인에게 넘긴 것이었다.

세나에게 받은 좌석은 2층 사이드석이었다. 푯값도 프리미엄을 붙이지 않고 원가 양도해 주었다. 고마우니까 콘서트 끝나고 밥 사 준다고 했다.

네 좌석은 어디까지 업그레이드됐는데? 정인이 묻자 세나가 답했다. 플로어석 앞줄 여섯 번째 좌석이요. 이틀 내내? 네, 이틀 내내 플로어.

"돈 많이 들었겠어."

"지금 살짝 후회하고 있어요. 내가 뭐에 씌어서 이렇게까지."

세나는 밤새 잠을 설쳤는지 떼꾼한 눈으로 저 말을 한숨처럼 뱉어 냈다. 아까부터 세나의 핸드폰은 닳도록 울려 댔다. 정인도 알고 있었다. 세나가 사이버불링을 당하고 있다는 것을. 그때 세나는 오늘처럼 마스크를 쓰고 왔다. 바이러스 때문이 아닌, 자신을 알아보는 사람들이 있을까 봐. 사이버 공간이 아닌 현실에서 머리채를 잡힐까 봐 두려워하면서.

"덕질 현타 와요."

그 얘기를 하필이면 화정체육관 앞마당의 굿즈 사는 줄 한가운데에서 들어 버렸다. 많이 지친 것 같았다. 정인은 힘내라는 뜻으로 산호 굿즈 3종 세트─티셔츠, 부채, 키 링―를 대신 계산해 줬다. 세나는 괜찮다고 말렸지만 정인은 그냥 사 주고 싶었다.

세나는 앨범을 샀을 때 중복으로 나온 최애의 포카를 기꺼이 나눠 주는 그런 담대한 친구니까. 고생해서 예매한 표를 원가 양도해 주는 다정한 오프라인 덕질 메이트였으니까. 덕분에 이렇게 콘서트도 왔다. 정인과 세나는 각자의 자리에서 공연을 관람한 뒤 사람들이 덜 복작거리는 안암역 앞에서 만나기로 했다.

콘서트는 성황리에 끝났지만 세나와는 연락이 닿지 않았다. 메시지를 보내도 읽지 않았다. 전화를 걸었더니 핸드폰이 꺼져 있었다. 세나가 진짜 어디서 머리채라도 잡히고 있다면 어떡하지. 정인은 걱정이 되었다.

정인은 할 수 없이 집으로 가는 지하철을 홀로 탔다. 의자에 앉자마자 배에서 꼬르륵 소리가 났다. 최애를 보고 왔으니 밥을 먹지 않아도 배가 불러야 했는데, 그날은 달랐다. 속이 허전했다. 막 콘서트를 끝낸 산호네 그룹이 감사 인사를 전하는 단체 브이앱을 켰지만 내키지 않아서 보지 않았다. 정인은 가만히 눈을 감은 채 안암역에서 연신내역까지 쭉 앉아서 갔다.

이제 다시는 세나를 못 보는 건가 싶었건만.

정인은 세나의 핸드폰 배경 화면을 어깨 너머로 흘 긋 봤다. 저 사람은 누굴까. 아이돌 같은데. 그런 말을 뒤로 삼키며 대화를 이어 갔다. 사람이 아니면 2D판 으로 옮긴 거야? 혹시 앙스타? 세나가 말했다. 아뇨 앙스타는 아니고 이번에 산호네 회사에서 데뷔하는 가상 아이돌이에요.

정인은 드디어 제대로 대화할 기회를 잡았다고 생 각했다. 파란엔터가 게임 회사랑 같이 만들었다던 버 추얼 아이돌 말하는 거지? 핸드폰을 가리키며 계속 말했다. 그럼 이 배경 화면 속 애가 혹시 그 아이돌이 야? 뭐야, 나 진짜 사람인 줄 알았어.

*

윤주는 오늘 유난히도 힘들었다. 윤주가 근무하는 스타벅스 매장은 유동 인구가 많은 광화문역 근처였 다. 하루 손님의 양으로 따지면 그쪽이 더 많았다. 이 곳은 레시피가 복잡한 음료를 만들 일도 없었다. 말투 가 띠껍다고 욕을 하는 손님도, 불가능한 요구를 하며 언성 높이는 손님도 없었다. 그런데 왜 힘들었을까.

사장이 말한 대로 오후 2시가 가장 피크였다. 카페

안의 모든 사람들이 큰 소리로 떠들었다. 비지엠의 음량도 최대치였다. 산호의 노랫소리와 산호를 찬양하는 사람들의 수다 소리가 공명했다. 강력한 사랑의 에너지가 카페를 감쌌다.

사람들은 더 크게, 더 크게 말했다. 산호는 사랑이야. 내 우울증 치료제. 산호가 내 세상을 구원해 줬어. 맞아, 정말 그래. 윤주는 주문하는 손님의 목소리가 잘 들리지 않았다. 마이크도 없었기에 목청을 높여 가며 주문을 받았다.

천장에서 내리꽂히는 말소리. 바닥으로부터 진동하는 노래의 비트. 그 소리의 파장들에 짓눌린 채 쉼없이 음료를 팔았다. 윤주는 고함쳤다. 220번 손님 주문하신 음료 나왔습니다!

오후 4시가 되자 윤주의 목은 녹이 슬었다. 편도선을 누가 손톱으로 긁는 것마냥 까끌거렸다. 윤주는 헛기침을 하며 목을 가다듬었다. 공기 중에 떠다니는 보이지 않는 침방울들을 걱정했다. 하지만 그 누구를 탓할 수는 없었다. 오늘은 집에서 쉴 수도 있었지만 돈을 더 벌어 보겠다고 스스로 내린 선택이었다.

오후 5시. 굿즈가 소진되었다. 손님들은 눈에 띄게 줄어들었다. 앉아 있을 틈이 생겼다. 하지만 윤주는 앉아 있지 않았다. 행주를 빨았고 비품을 정리했다. 소독제를 뿌려 가며 빈 테이블과 의자를 닦았다. 해야 할 일들을 했다. 일찍 퇴근하고 싶었기 때문이다. 뒷정리를 하는데 사장이 말했다. 요즘처럼 힘든 시기에 이런 거라도 하니까 숨통이 트여요.

오후 6시. 음료까지 소진되었다. 원래는 8시까지 영업이었으나 더 이상 팔 게 없어 이른 마감을 했다. 윤주는 사장으로부터 현금 일당을 받았다. 흰 봉투 안에는 너덜너덜한 지폐 8만 5천 원이 들어 있었다. 가게를 나와 에이티엠 기기에 8만 원을 입금했다. 남은 5천 원으로는 복권을 한 장 샀다.

가까운 지하철역으로 향하는 중이었다. 상가 골목의 담벼락마다 일회용 플라스틱 컵들이 너부러져 있었다. 쓰레기통 밖으로 삐져나온 플라스틱 컵의 무덤들과 화단 경계석 위에 불법투기된 컵의 탑들을 봤다. 윤주가 오늘 끊임없이 나른 음료 컵들이었다. 어떤 컵 안에는 입도 대지 않은 새것의 청포도에이드가 그대로 들어 있었다. 윤주는 그걸 보며 중얼거렸다. 산호가 세상을 구원하긴 개뿔. 세상을 초토화시키네.

집에 돌아가면 밥을 만들어 먹을 힘이 나지 않을 것 같았다. 저녁으로 떡볶이를 시켜야겠다. 윤주는 지하철 안에서 배달 앱을 켰다. 떡볶이가 배달되는 시간을 고려해 집에 도착하기 30분 전에 미리 주문할 것이다. 그래야 도착하자마자 바로 먹을 수 있다. 윤주는 검색창에 떡볶이를 입력했다. 엄지손가락으로 화면을 내리고 또 내렸다. 윤주는 망설이다가 결국 맨 위로 다시 돌아왔다. 매번 시켜 먹던 엽기떡볶이를 꾹 눌렀다.

윤주는 언제나 먹던 것만 먹고, 마시던 것만 마시는 사람이었다. 입던 것만 입었고, 좋아하던 것만 좋아했다. 떡볶이는 엽떡 착한 맛. 치킨은 교촌 허니콤보. 옷은 에이치앤엠. 커피는 여름에도 겨울에도 아이스아메리카노. 맥주는 하이네켄. 과자는 포카칩. 새로운 도전은 안전하지 못했다. 좋아하는 연예인이 누구냐고 물어보면 15년 동안 한결같이 강동원이라고 대답했다.

남자 친구와도 다음 달이면 7주년인데. 윤주는 생각에 잠겼다. 남자 친구를 정말 좋아하긴 했던 걸까. 포카칩처럼, 하이네켄처럼, 에이치앤엠처럼. 그냥 그렇게 익숙함에 절여졌던 건 아닐까. 그동안 상대 쪽에서도 별다른 말이 없어서 7년을 무난하게 지내 왔던 걸까. 연락이 끊겼는데도 너무나 아무렇지 않게 떡볶이를 주문하고 앉아 있다니.

윤주가 떡볶이에 여러 가지 토핑을 추가하자 어느 덧 가격은 1만 5000원에서 2만 5000원이 됐다. 결제 단계로 넘어가자 배달 팁이 추가되었다. 그러고 보니 남자 친구도 떡볶이를 시키다가 화를 내고 나갔지. 질병이 두려워서 마스크를 쓰고 하자던 자신이 떠올 랐다.

반면에 그 사람들은 사랑 때문에 질병을 무릅쓰 고 카페를 찾아왔다. 나는 그 사람들이 지불하는 돈 때문에 질병을 무릅쓰고 카페에서 일했다. 특전을 받 은 첫 번째 손님과 특전을 받지 못한 스물아홉 번째 손님이 떠올랐다. 쓰레기봉투 옆에 층층이 쌓여 있던 플라스틱 컵들이 떠올랐다.

사랑. 구원. 섹스. 욕망. 출산. 대량생산. 잉여 인구. 먹고살기. 자본주의. 플라스틱. 공산품. 쓰레기. 질병. 바이러스. 모두가 하나의 톱니바퀴로 맞물리는 것 같 았고 그러다 구역질이 났다. 입맛이 싹 사라졌다. 윤 주는 결제 버튼을 누르지 않았다. 떡볶이를 시키다가 화가 치민 남자 친구의 감정 전개 과정을 어렴풋이 알 것도 같았다. 물론 사고의 작동 방식은 전혀 달랐 겠지만.

*

원래는 이럴 계획까진 아니었는데. 세나는 정인과 밥을 먹은 것도 모자라 2차로 주점까지 와 버렸다. 정인이 아쿠아에게 흥미를 보이며 말했다. 얘네 정보 좀 줘. 나 요즘 너무 고인 물이야. 세나도 마침 영업을 하고 싶었다. 그래도 낮술은 오버인데. 괜찮겠지. 데뷔 쇼케이스까진 아직 세 시간이나 남았다. 두 사람은 간단한 마른안주와 생맥주 두 잔을 시켰다.

세나는 정인에게 자신의 핸드폰 갤러리를 보여 주며 멤버들을 한 명씩 소개했다. 얘들 전형적인 파란엔터 상이에요. 언니가 좋아할 만한 애는 영균이. 프로필 사진보다는 진짜 인간처럼 자연스럽게 나온 일상 사진부터 보여 줬다. 전신이 잡힌 한강 라이딩 컷이었다. 세나는 말했다. 영균이가 제 최앤데요. 올라운더 롤이에요. 이렇게 생겼는데 노래도 잘 부르고, 노래를 잘 부르는데 춤까지 잘 춰요. 사기캐죠.

세나는 맥주를 한 잔 마시며 숨을 골랐다. 그리고 다시 말했다. 영균이가 코난 그레이 노래를 커버한 게 있는데 목소리가 투명한 유리구슬 같아요. 창법도 딱 파란엔터 창법이거든요. 제가 파일 공유해 드려도 될까요? 영상으로 같이 보면 오감이 더 열릴 텐데. 유튜브로 보는 걸 추천할게요.

중간중간 돌아오는 정인의 반응은 세나를 들뜨게 했다. 그러고 보니 얼굴에 산호 느낌이 약간 있네. 우리 취향 참 소나무야. 그치?

세나가 다음 사진으로 넘기자 이번엔 다른 멤버가 나왔다. 얘는 돌핀이라는 아이인데 얘도 괜찮아요. 정인은 또다시 반응했다. 얘는 해마랑 비슷하게 생겼군? 영균이라는 애랑 돌핀이라는 애랑 커플로 많이 엮일 것 같아.

정인이 그 말을 뱉은 순간 세나의 눈에서 광채가 돌았다. 빙고. 언니 역시 잘 아네요. 심지어 돌핀 애는 리더고 댄스 멤버인데 춤선이⋯⋯. 이건 내가 말로 설명하는 순간 훼손될 게 분명해. 직접 눈으로 봐야 알아요. 정인이 핸드폰을 들고 말했다.

"무대 하나만 보여 줘. 데뷔곡 제목이 뭐야?"

"무대는 아직⋯⋯. 오늘 나와요, 언니. 저녁에 쇼케이스 하거든요."

"슬슬 일어나야겠네. 너 그거 보러 가야지."

세나는 내내 아쿠아 얘기만 한 것 같아서 부끄러움이 몰려왔다. 간지럽지도 않은 이마를 팬스레 긁었다. 딱히 궁금하진 않았지만 주점을 나서며 세나가 물었다. 오늘 산호 생일이었죠? 어때요? 애들 잘 지내요? 같이 신호등을 기다렸다. 정인이 답했다. 나도 너무 궁금하다. 대체 뭐 하고 사는지. 이런 날 왜 브이앱도 셀카도 안 올라오는 거야?

보행자 신호가 켜졌다. 건널목을 건넜다. 세나가 말했다. 그 정도면 그냥 파업 수준인데요. 회사랑 트러블 있나? 근데 언니 몇 번 버스 타요? 버스 정류장에 도착했다. 정인이 답했다. 나 2200번 아니면 3100번. 재계약은 틀렸겠지? 이제 얼른 가. 오늘 반가웠어.

저녁이 되니 바람이 찼다. 세나가 전광판을 봤다. 2200번 버스는 5분 후 도착 예정이었다.

"언니만 시간 괜찮으면 저희 집에서 아쿠아 데뷔 무대 같이 볼래요?"

*

윤주는 라면 냄비에 물을 올려놓고 참치마요 주먹밥을 만들었다. 집에 도착하니까 입맛이 돌아왔다. 고작 떡볶이 하나로 세계를 비약한 것 같아서 머쓱했다.

떡볶이는 죄 없어. 윤주는 그런 생각을 하며 끓는

물에 면과 스프를 털어 넣었다. 식탁 위에 접시와 수저, 그리고 태블릿을 세팅했다.

넷플릭스와 왓챠. 둘 중에 뭘 보면서 먹을지 고민했다. 볼 게 없었다. 문득 산호의 무대가 궁금해졌다. 넷플릭스와 왓챠를 닫고 유튜브를 켰다. 원하는 키워드를 조합했다. 웨이브스 산호 직캠. 가장 마음에 드는 썸네일 화면으로 들어갔다.

오늘 귀에 딱지가 앉도록 들었던 노래라 그런가. 이미 지겨워진 느낌이었다. 추운 겨울날 한 시간 동안 그 많은 사람들을 기다리게 한 매력을 알고 싶어서 틀어 본 것이었는데. 잘 모르겠다.

아까 카페에서 테이블을 소독하다가 옆에 앉은 손님의 말을 엿들었다. 봐라. 내가 보고 싶을 때만 보고 보기 싫을 때는 안 볼 수 있지. 메시지가 와도 반드시 답장할 의무도 없지. 씹어도 뭐라 안 하지. 다른 팬들이 알아서 해 주니까. 그래도 유사 연애 퍼먹여 주지. 사랑한다고 고맙다고 어쨌든 표면적으로는 듣기 좋은 말만 골라 해 주지. 내가 맘 변하면 언제든 그만 좋아해도 누가 뭐라 해? 이보다 간편한 사랑이 어딨어? 인스턴트 러브네. 인스턴트 러브야.

연예인을 좋아하면 적어도 마스크를 쓰고 스킨십

하자고 할 일은 없겠네. 생리가 늦어진다고 불안해할 일도 없을 거고. 나랑 육체적으로 닿을 일이 없으니 마음으로만 좋아하면 그만이고. 간편하고 안전하다. 그런 사랑이라면 해 볼 만도 하겠어. 괜찮지 않을까.

하지만 그 어떤 직캠을 봐도 윤주는 산호에게 끌리지 않았다. 다른 멤버라면 매력적일까 싶어서 전체 직캠을 봤지만 그래도 마찬가지였다. 김치를 씹다가 잠시 노래를 흥얼거리긴 했는데 그건 오늘 하도 들은 탓에 귀에 익어서 그런 것이다.

저녁밥을 다 먹고 맥주를 땄다. 윤주는 동영상을 멈추고 초기 화면으로 돌아갔다. 그거 몇 번 봤다고 윤주의 유튜브 알고리즘에는 이름도 생소한 온갖 아이돌 그룹의 동영상이 떴다. 윤주는 맥주를 다 마실 때까지 틀어 놓을 영상이 필요했다. 아이돌이 달고나 커피 만드는 영상, 아이돌이 릴레이 댄스 추는 영상, 아이돌이 자가 격리하는 브이로그. 영상들이 무작위로 재생되었다.

누구라도 좋으니 한 번쯤은 마음을 사로잡히고 싶다. 한 시간이 넘도록 그 사람만 생각하며 밖에서 기다려 보고 싶다. 기다리는 많은 사람들 중 하나가 되어 보고 싶다. 그들과 똑같이 응원하고 좋아하는 마음을 가져 보고 싶다. 그게 대체 뭔지 궁금했다. 그 대신 윤주가 가진 이상의 것은 요구하지 않는 사랑. 좋아한다고 해서 의무처럼 몸을 부대끼지 않아도 되는 사랑. 되돌아오지 않아도 괜찮은 사랑. 그 정도 무게라면 윤주가 지금 가진 삶의 에너지 안에서 감당 가능했다.

맥주를 다 마셔 갈 무렵이었다. 자동으로 넘어가는 대로 감흥 없이 보던 영상 옆에 실시간 스트리밍 표시가 된 썸네일이 하나 떴다. 그 네모난 영상 안에서 움직이고 있는 사람은⋯⋯. 사람인가? 사람이 어떻게 저럴 수 있지? 순정 만화의 남자 주인공처럼 비현실적으로 생긴 눈코입이 움직이고 있었다. 윤주는 제목을 봤다. 아쿠아 데뷔 쇼케이스. 윤주는 호기심이 일어 영상을 재생했다.

형형색색으로 펼쳐진 무대는 진짜처럼 보이긴 했지만 조목조목 살펴보면 진짜가 아닌 것 같기도 했다. 그래, 결코 진짜일 리 없었다. 윤주가 가짜라고 판단한 결정적인 이유는 무대 배경이 그리스 콜로세움이었기 때문이다. 노래 한 곡이 끝나자 콜로세움은 어느덧 은하계 한가운데에 떠 있는 스테이지로 변했다.

윤주는 진짜 같은 가짜 스테이지를 보며 생각했다.

진짜가 아니면 어때서? 가짜를 추구하면 안 되는 건가? 꼭 진짜 사람과 몸을 맞대고 하는 진짜 사랑이 아니면 의미가 없는 건가? 그럼 나 같은 사람은 평생을 고독 속에서 의미 없이 사랑 없이 홀로 살아야 하나?

여섯 명의 가짜 소년들이 무대 앞쪽으로 오더니 한 치의 오차도 없는 간격으로 도열해 섰다. 순정 만화에서 튀어나온 자가 하나, 둘, 셋, 선창하자 모두가 우렁차게 단체 구호를 외쳤다. in the end! 우리는 아쿠아입니다!

선창한 멤버가 한 발짝 앞으로 걸어 나왔다. 카메라가 그를 클로즈업했다.

"안녕하세요, 아쿠아의 재간둥이 리더 돌핀입니다."

노래를 들었을 때부터 느꼈지만 돌핀의 목소리는 윤주가 살면서 들었던 모든 소리 중에서 가장 편안했다. 주파수가 일치한다는 느낌을 단번에, 그리고 최초로 이해했다.

윤주는 태블릿으로 영상을 보는 동시에 핸드폰으로 정보를 검색했다. 이제 밥 다 먹었는데. 얼른 치우고 씻고 자야 내일 또 출근하는데. 머릿속 생각과 달리 눈과 손은 아쿠아를 향했다.

그룹의 멤버 수 총 여섯 명. 돌핀 나이. 02년생. 윤주보다 다섯 살 어렸다. 사이트 목록엔 트위터, 인스타, 유튜브, 팬카페, 브이라이브, 그리고 이건 뭐야. 스파클? 윤주는 처음 들어 보는 낯선 사이트의 이름을 눌렀다. 구글 플레이로 이동됐다. 앱을 설치하자 팝업창이 하나 떴다.

—아쿠아 데뷔 기념, 지금 구독 신청하면 1개월 무료 체험!

공짜라는데 잠시만 이용해 볼까. 윤주는 회원가입 버튼을 눌렀다. 해당하는 빈칸에 이름과 성별과 핸드폰 번호와 정기 구독 여부 등등을 적었다.

태블릿에서는 아쿠아의 타이틀곡인 두 번째 무대가 시작됐다. 윤주는 핸드폰에서 손을 떼고 그들의 무대에 흠뻑 빠져들었다.

*

정인은 오늘 참 재밌는 우연이 여러 번 이어진 날이라고 생각했다. 산호 생일에 산호 생일 카페 앞에서 산호 포카를 사다가 세나를 우연히 만난 것. 세나의 집에 방문해 다른 아이돌을 보고 있는 것. 세나와 나란히 앉아 아쿠아 무대를 보고 있자니 옛날 생각이

나서 입가에 미소가 멈추지 않았다.

정인과 세나는 공유하기를 좋아하는 사람들이었다. 산호의 사인 폴라로이드가 당첨되면 혼자서만 몰래 보는 법이 없었다. 유출 금지여도 서로에게만큼은 유출했다. 팬 사인회에서 산호가 적어 준 메모들도 모두 찍어 공유했다.

함께 좋아하는 산호였으니까. 함께 보고 들으면 즐거움은 배가 되었다. 정인은 생각했다. 어쩌면 난 이런 순간이 좋아서 이 짓을 반복하는지도. 정인이 물었다.

"이 무대 돈 진짜 많이 썼을 것 같아. 온콘 얼마야?"

"심지어 무료예요. 엄청나죠?"

정인도 사람이 아닌 저 여섯 명에게 매료되었다. 아주 오랜만에 모든 멤버를 좋아할 수 있을 것 같은 예감이 들었다. 올팬이 되는 건 오랜만이었다.

아쿠아는 1995년부터 2022년 지금까지 파란엔터에서 기획한 모든 아이돌 그룹의 집약체 같았다. 축적된 데이터를 기반으로 가장 이상적인 멤버 구성과 얼굴합이 극강의 조화로움을 만들어 냈다.

춤 멤버는 이제껏 파란엔터에서 배출한 그 어떤 춤추는 스타들보다도 뛰어났다. 노래 멤버도 마찬가지.

첫 무대인데도 삑사리는커녕 제아무리 높은 키도 여유롭고 쉽게 소화해 냈다. 여섯 명 중에 구멍이 한 명도 없었다.

영균이 자기소개를 시작했다. 올팬이 될 것 같아도 정인 역시 영균에게 가장 눈길이 갔다.

"안녕하세요. 아쿠아의 청정 구역! 균이 제로, 영균입니다!"

그 말을 듣고 정인과 세나는 동시에 책상을 치며 깔깔거렸다. 정인이 말했다.

"AI니까 청정 하나는 진짜 보장되겠네."

세나가 자조했다.

"사실 그 점이 이 그룹의 제일가는 셀링 포인트 아니겠어요."

그리고 이들을 좋아하는 한 정인 옆에는 세나가 함께 있을 것이다. 정인은 무엇보다 그 점이 가장 위안이 되었다.

*

아쿠아의 쇼케이스는 실시간 조회수 100만 뷰를 찍으며 성공적으로 막을 내렸다. 타이틀 곡 「진정한 사랑의 이름으로 지켜 줄게(Save In The Name of True Love)」는 멜론, 플로, 지니, 벅스에 차트 인을 기록했다. 과학기술의 놀라운 진보와 세계로 뻗어 나가는 케이팝의 만남이라는 주제로 9시 뉴스 헤드라인을 장식했다. 아직 기술적인 결함이 있을 거라는 반대 진영의 뉴스도 함께 보도됐다.

그날 밤. 파란엔터 김미혁 대표는 뉴스와 연예면 기사들을 모니터링한 뒤 상한가인 주식 그래프를 확인했다. 안도의 한숨을 돌리며 아쿠아 담당 팀원들과 샴페인을 터뜨렸다.

파란엔터 소속 아이돌인 웨이브스의 산호는 밤 10시가 다 되어 자다 일어난 부스스한 얼굴로 라이브 방송을 켰다. 실시간 채팅창에는 대체 전날 누구와 몇 시까지 뭘 하고 놀았길래 이 시간에 왔냐는 성토 댓글이 만만찮게 보였고 웨이브스의 해마는 타인의 아이디로 접속하여 성토 댓글에 남몰래 '좋아요'를 눌렀다.

정인은 같은 시각 영균의 모든 사진과 영상에 몰두하느라 그 사실들을 알 수 없었지만 세나는 커뮤니티 눈팅을 하다가 알게 됐다. 앞으로도 산호의 남은 포카를 팔아야 하기 때문에 정보에 민감했다.

산호가 팬들에게 이런 식으로 굴면 포카 시세가 내려갈 터였다. 세나는 난감했지만 영균의 굿나잇 전화를 받고 두통이 싹 사라졌다. 그런 사소한 걱정은 영균의 사랑 앞에 비할 바가 못 된다고.

윤주의 남자 친구는 8일 만에 헤어지자는 문자를 보냈고 윤주는 알았다고 했다.

*

세나와 정인과 윤주가 곯아떨어진 시간은 각기 달랐다. 윤주는 23시 30분, 정인은 1시 42분, 세나는 3시 17분. 그럼에도 불구하고 아쿠아는 그들을 악몽으로부터 지켜 주기 위하여 정확히 잠들기 30분 전에 다음과 같은 메시지를 보냈다.

—아쿠아를 좋아해 줘서 정말 기뻐. 우리들 앞에는 더욱 놀랍고 멋진 미래가 펼쳐질 거야. 계속 기대해도 좋아. 그리고 내가 사람이 아니라고 해서 두려워하거나 걱정하지 마. 우린 잘 지낼 수 있을 거야. 사랑해. 좋은 꿈 꿔.

유예하는 밤

잠에서 깬 지 아홉 시간이 지났지만 침대에서 한 발짝도 나갈 수가 없다.

오줌을 참다 참다 화장실에 겨우 갔는데 변기에 앉자마자 오줌과 눈물이 동시에 흘렀다. 이렇게 살아서 뭐 해. 오늘은 반드시 죽자고 다짐했다. 화장실에 온 김에 샤워를 했다. 죽으면서 들으려고 케이팝 걸 그룹 플레이 리스트도 만들어 두었다. 머리를 말리며 위키 미키의 「시에스타(Siesta)」를 들었다. 죽는다고 해서 노래까지 축 처질 필요는 없다.

창문 틈새를 공업용 테이프로 틀어막았다. 번개탄을 양은 냄비 속에 집어넣었다. 글라스에 소주를 가득 따라 단번에 들이켰다. 침대로 돌아가 눈을 감았다. 매캐한 유독가스가 서서히 방 안을 채웠다. 스피커에서는 레드벨벳의 「행복」이 흘렀다. 조이가 랩을 했다. 내 기억 속 조이의 포지션은 서브보컬인데. 랩이라니? 검색해 보고 싶은 마음을 꾹 참고 다시 잠을 청했다.

「행복」이 끝났다. 「덤디덤디」가 끝났다. 제프 버클리의 「라스트 굿바이(Last Goodbye)」가 시작되었다. 「라스트 굿바이」는 인생의 마지막 재생목록에 가장 넣고 싶지 않은 음악이다. 죽을 때만이라도 가뿐해지고 싶다. 내가 죽고 세상에 없을 미래의 위키피디아에는 이렇게 기록될지도 모른다.

삶이 불행으로 점철됐던 무명의 가수 정혜진은 죽는 순간까지도 제프 버클리를 들었다.

나는 제프 버클리를 지우려고 핸드폰에 손을 뻗었다. 몽롱해진 정신을 붙들고 잠금을 풀었다. 한쪽 눈만 간신히 뜬 채 노래를 삭제할 무렵이었다. 유튜브 알림이 떴다. 곧 죽을 건데 확인해 봐야 무의미했다. 알림 확인은 이미 눌렀으나 생각만은 그렇게 했다.

누군가 내 채널에 '구독'과 '좋아요'를 누르고 갔다. 무플 상태였던 게시글에 첫 댓글이 달렸다. 감고 있던 한쪽 눈을 마저 뜨고 글을 읽었다. 여긴 부계정 채널인가요? 이제야 발견했네요. 구독 누르고 갑니다! 블루투스 스피커에서는 위클리의 「홀리데이 파티(Holiday Party)」가 흘렀다.

오래전 나는 네오사이키델릭에서 펑크, 힙합까지 장르를 불문하고 스타 뮤지션들의 히트곡을 커버했다. 장소를 옮겨 다니며 어쿠스틱 버전으로 해석한 노래들을 불렀다. 조니 미첼의 「리버(River)」와 킨키 키즈의 「신데렐라 크리스마스(シンデレラ クリスマス)」는 옥외 트리가 반짝이던 영등포 타임스퀘어의 광장에서, 블링크-182의 「아이 미스 유(I Miss You)」는 가평수목원의 온실에서, 88라이징의 「피치 잼(Peach Jam)」은 푸른 바다가 일렁이는 양양의 해변에서 열창했다. 그런 다음 그것들을 유튜브에 올렸다. 10분을 넘지 않는 짧은 영상들이었지만 제대로 하고 싶었다. 촬영 장비도 대여했었고, 국비 지원을 받아 학원에서 편집 기술도 배웠다.

하지만 나는 본계정만 굴렸지 부계정은 따로 없었다. 이 사람은 나를 누구와 착각한 걸까?

유튜브에 게시한 커버 영상의 재생 횟수는 한 곡당 50회를 못 넘겼다. 그중 30회는 새로운 기기로 접속할 때마다 내가 직접 조회한 것이었다. 그때는 관심받지 못해도 괜찮은 척했다. 영상 아래 '더보기' 란에 적어 둔 문장들을 오랜만에 다시 읽었다.

음악이 좋으니까 그냥 계속 노래할 뿐.
꾸준히 했다는 것에 의미를 둡니다.

무너지고 싶지 않아서 스스로를 다독였던 문장들. 결국 나는 무너졌고 어떻게 되든 상관없었다. 할 만큼 했다. 더는 하고 싶지 않다. 핸드폰이 또 울렸다. 아까 그 사람이다. 내가 두 번째로 올린 영상에도 글을 남겼다. 매번 느낀 건데 목소리가 참 맑으세요. 조니 미첼이 이 노래 들으면 분명 뿌듯해할 겁니다. 손가락이 미끄러져 실수로 하트를 눌렀다. 할 수 없이 대댓글을 달았다. 감사합니다. 좋은 하루 보내세요. 양시훈이라는 사람의 댓글이 이어졌다.
　―혹시 고독한 정혜진 방의 존재를 아시나요?
　―들어오시면 예전에 찍은 고화질 공연 사진 드릴게요.

내게는 팬이라 부를 만한 사람이 없었다. 7년 가까이 노래를 불렀지만 사진 한 장 같이 찍자고 한 사람이 없었는데. '고독한 정혜진 방'을 검색했다. 진짜 있네. 이런 게 존재했다는 걸 조금 더 일찍 알았다면 내일이나 모레 죽었을 텐데. 숨을 쉬는 게 점점 고통스러웠다. 연기 때문에 코가 찌릿했다. 방 안에는 하얀 장막이 낮게 깔렸다. 졸음이 밀려들었다. 한 시간만 있다 죽을까. 테이프를 뜯고 창문을 조금 열었다. 장막이 밖으로 흘러나갔다.

고독한 정혜진 방에는 비밀번호가 걸려 있었다.

정혜진 사운드 클라우드 개설일(dddd) + 사운드 클라우드에 처음 노래 올린 날(bbbb)

정신이 혼미한 탓에 덧셈을 두 번 틀렸다. 계정에 접속해 날짜를 재확인하고 세 번째 시도한 끝에 겨우 입장했다. 인원은 방장과 부방장 단 두 명이었다. 방장의 이름은 온점으로만 표기되어 있었고 양시훈은 부방장이었다. 나는 '안녕하세요 정혜진'까지 쓰다 지웠고, 이모티콘을 찾다 관뒀다. 그리고 이렇게 썼다.

—공연 사진 가지고 계신 게 정말인가요?

잘 나왔으면 영정 사진으로나 써야지. 말풍선 옆에 2였던 숫자가 1로 바뀌었다. 얼마 지나지 않아 양시훈의 글이 올라왔다. 채팅 금지입니다. 나는 서둘러 키패드를 눌렀다. 저 정혜진이에요. 사진 준다면서요. 양시훈은 메시지를 삭제한 다음 나를 칼같이 내보냈다.

술을 마신 상태에서 유독가스를 흡입해서인지, 아니면 낯선 사람에게 문전박대를 당해서인지 모르겠지만 얼굴이 화끈거리고 속이 메스꺼웠다. 양시훈의 댓글에 누른 하트를 취소했다. 감사하다는 댓글을 삭제하고 새 답글을 남겼다. 나랑 장난쳐요? 뭐 하세요?

창문을 다시 닫으려고 힘겹게 몸을 일으켰다. 양시훈이 댓글을 또 달았다. 방금 그게 진짜였다고요? 꺼지라고 욕을 하려다 못 했다. 예외 없이 공황이 찾아왔기 때문이다.

내 머리 위에는 늘 먹구름이 떠다니는데, 그것들이 산산이 부서져서 금방이라도 나를 덮칠 것만 같은 이 느낌.

서둘러 검은 비닐봉지의 입을 벌려 그 안에 얼굴을 밀어넣었다. 바스락거리는 어둠 속에서 공기를 들이마셨다. 죽고 싶은데도 죽을 것 같은 이 느낌을 두려워하는 내가 싫다. 숨을 들이마실 때마다 얇은 비닐이 얼굴 피부 위에서 팔락거렸다.

벽을 등지고 숨만 쉬는데 핸드폰이 떨렸다. 봉지를 벗고 글을 확인했다. 누가 들어와서 장난치는 줄 알았어요. 워낙에 월드 스타시니까요.

유튜브 재생 횟수 50회도 못 넘기는 내가 월드 스타? 이 세상에는 연예인, 정치인, 법조인 등 사칭할 사람이 도처에 널렸지만 적어도 나는 아니었다. 30분 후에 라이브 켤게요. 이 정도면 인증이 될까요? 내가 적자 양시훈은 확인했다는 의미로 붉은색 하트를 찍었다.

번개탄을 끄고 형광등을 켰다. 전등 하나는 아예 나갔고 남은 하나마저 수명이 얼마 남지 않았는지 계속 깜박거렸다. 애초에 불을 얼마 만에 켜 본 건지 모르겠다.

집 안의 창문들을 활짝 열어 환기를 시켰다. 밤은 길 것이다. 아직 내게는 다섯 개의 번개탄이 남아 있다. 어느덧 형광등은 점멸을 멈춘 채 어둡고 누르스름한 빛을 내뿜었다. 30촉짜리 알전구만도 못한 밝기였지만 상관없었다.

태블릿을 거치대로 고정하고 실시간 라이브를 켰다. 핸드폰으로는 방송이 제대로 송출되는지 점검했다. 온에어 화면에 내 모습이 보였다.

양시훈이 입장하기를 기다리며 재생목록을 다시 짰다. 얼굴 인증만 하고 끝 생각이었지만 그 잠깐의 시간조차 배경음악이 없으면 버티기 힘들었다. 잔잔하지만 슬프지 않은 노래들로 골랐다. 볼륨은 중간보다 작은 크기로 설정했다.

양시훈은 들어오자마자 라이브 채팅창에 메시지를 연달아 세 번 보냈다. 진짜였군요. 죄송합니다. 부디 고독방에 다시 들어와 주세요.

나는 고독방에 재입장했다. 얼른,이라는 말밖에 입력하지 못했는데 양시훈의 메시지가 또 세 번 연달아 떴다. 엇 근데 이 노래. DEHD 아닌가요? 제목 뭐더라? 이 인간의 디지털 순발력을 따라잡지 못할 것 같다. 손가락을 포기하고 입을 택했다. 화면상이긴 하지만 51일 만에 처음으로 타인에게 도달하는 말을 입밖으로 내뱉었다.

"얼른 주세요, 사진."

그렇게 말하고 침을 삼키자 목구멍이 욱신거렸다. 카메라 렌즈를 보는 것도, 화면 속 내 얼굴을 보는 것도 어색하기만 해서 딴청을 부렸다. 고독방을 둘러보다 양시훈의 프로필 사진을 눌렀다. 주된 피사체는 저물녘에 물든 분홍색 강과 구름이었다.

사진을 조금 더 크게 확대해 보았다. 벤치가 아닌 공원 시설물 같은 데 앉아 강변을 바라보는 한 사람의 희미한 옆태가 보였다. 역광 현상이 심해 얼굴은 제대로 확인할 수 없었지만 뭐랄까, 실루엣만 봐도 멍을 때리는 중이라는 것쯤은 알 수 있었다. 유심히 관찰하는 사이 열 장 남짓한 사진들이 차례로 떴다.

내 윗입술 언저리에 난 자그마한 붉은 점까지도 포착한 고화질 사진들이었다. 에프에프, 클럽 빵, 제비다방, 언플러그드…… 각각의 사진들은 공연 장소도 저마다 달랐다.

'170611_취한제비'라고 기록된 날의 나를 들여다봤다. 신시사이저를 조작하는 진지한 얼굴. 기타를 튜닝 중이거나, 노래를 부르고 있을 때의 올라간 입꼬리가 낯설었다. 라이브 방송 중인 화면 너머로 내 얼굴을 흘깃 봤다. 지금은 그냥 죽상이다. 문득 궁금해져서 카메라를 향해 말했다.

"누구세요?"

래그가 의심될 정도로 반응이 없었다. 자리를 비운 탓에 못 들었을까 싶어, 저 아세요?라고 자판도 두드려 봤다. 세 곡의 노래가 지났지만 묵묵부답이었다. 생각을 고쳐먹고 문장을 입력했다. 사진 감사합니다. 이만 방송 종료할게요.

촬영 모드를 마치려는 순간 메시지가 올라왔다. 저는 일개 팬입니다. 사진은…… 제가 찍은 사진이 아니에요. 방장이 찍은 건데 지금 여기 없어서 대신 전해 드려요. 나는 종료 버튼을 누르는 대신 카메라를 향해 말했다.

"그럼 방장님은 제가 아는 분일까요?"

3분 13초. 우리 사이에 한 곡분의 침묵이 또 흘렀다. 하지만 이번에는 방송을 종료할 마음이 들지 않았다. 단지 기다렸다. 문장이 올라왔다.

—아마 모르실 거예요. 워낙 조용하게 다녀서. 그래도 걔가 정말 좋아했어요.

좋아했어요,라는 문장을 읽자 그만 울컥했다. 분하거나 슬퍼서가 아니라 고마워서. 그동안 살면서 정말 듣고 싶었던 말이었는데 가기 전에 듣게 되어 조금은 다행이라는 생각도 들었다.

그래도 살짝만 시끄럽게 다녀 줬으면 좋았을 텐데. 잘 듣고 있어요. 한마디 정도 해 줬더라면 내 마음속 깃든 빛이 열 촉은 밝아졌을 텐데.

서둘러 눈물을 훔쳤으나 시신경이 고장이라도 난

듯 염도 높은 물이 양 볼을 타고 줄줄 흘러내렸다. 민망해서 의자 등받이에 걸쳐 둔 후드 집업을 입었다. 머리에 후드를 뒤집어쓰고 목 부근에 달린 끈을 최대한 조여 눈물로 범벅이 된 얼굴을 가렸다.

스피커에서는 스미스 웨스턴스의 「올 다이 영(All Die Young)」이 흘렀다. 여름 저녁의 바다가 떠오르는 노래였다. 어쩐지 따뜻해진 느낌마저 들었다. 양시훈은 울지 말라는 둥, 힘내라는 둥, 하나 마나 한 위로를 하지 않았다. 화제를 돌리며 담백하게 물었다. 지금 트는 노래들 다 좋아요. 몇 곡 남았어요?

나는 재생목록을 일별했다. 엠팔삼, 페이브먼트, 스타퍼커, 이스트 리버 파이프, 라이언 애덤스. 앞으로 다섯 곡이요. 내가 말하자 양시훈이 썼다. 그럼 저희 남은 노래 마저 듣고 가요.

우리는 어떤 말도 보태지 않은 채 「웨이트(Wait)」를 들었고 「히어(Here)」를 들었다. 「골든 라이트(Golden Light)」가 나올 때는 내가 손가락을 딱딱 퉁기며 리듬을 탔다. 「마티(Marty)」의 기타 소리가 찰랑거릴 즈음 처음 듣는 노래라며 양시훈이 아티스트의 이름을 물었다. 그런 걸 제외하고 별다른 이야기는 오가지 않았다. 이제 라이언 애덤스가 하모니카를 불었다. 「컴 픽 미 업(Come Pick Me Up)」. 마지막 곡이었다. 양시훈이 글을 띄웠다. 신청곡도 틀어 주나요?

음악방송을 할 마음까진 없었건만. 덕분에 영정 사진도 구했고, 유튜브에 '구독'과 '좋아요'도 생겼으니 죽기 전에 성불하는 마음으로 틀어 주기로 했다. 너무 축 처지는 노래만 아니면 틀어 드릴게요. 말이 끝나기 무섭게 양시훈이 적었다. 정혜진의 「나를 불러 줘」 듣고 싶습니다.

대답할 수 없어서 눈알만 한참 굴렸다. 나한테 그런 노래는 없었다. 기억을 곱씹어 볼 문제도 아닌 것이 정식 발매한 곡은 세 곡이 다였다. 없으면 없다고 솔직하게 말하면 되는데 나는 그걸 또 뒤지고 있다. 데모곡 중에 그런 제목의 노래가 있나 하고. 유튜브와 사운드 클라우드, 구글 드라이브를 전전했다. 만든 적이 없으니 당연히 나오지 않았다. 정신이 돌이킬 수 없이 망가져서 이러고 있는 건가 싶다.

라이언 애덤스의 마지막 노래가 끝나자 정적이 흘렀다. 다시금 불안해진 나는 급한 대로 재생목록을 한 곡 반복 듣기로 설정해 두고 고백했다. 저는 그런 노래 부른 적 없어요. 양시훈이 물음표를 두 번 띄우고 대답했다. 그럴 리가요. 「나를 불러 줘」는 방장과 저의 최애곡인데요? 내가 머뭇거리자 양시훈이 바로 썼다. 그 수록곡 있는 음반으로 상도 많이 받으셨잖 아요. 히든 트랙이라 까먹으신 건가요? 내 입으로 내 뱉기도 낯부끄러워 이번만큼은 채팅으로 적었다. 키 보드가 눌릴 때마다 토독토독 경쾌한 소리가 났다. 무슨 상을 받아요, 제가. 양시훈이 대답했다.

　—그래미 어워드에서 올해의 앨범상 받으셨잖아요.

　이 자식은 나를 놀리고 있는 게 분명하다. 그래미 는커녕 국내 오디션 프로 본선이라도 진출했다면 내 가 소원이 없었겠다. 듣기 나쁜 농담은 아니어서 피식 웃자 양시훈이 또 적었다. 어? 왜 말 같지도 않은 말 한다는 듯이 그렇게 웃으시는 거죠? 왜죠?

　이 뻔뻔함의 끝이 어디일까 궁금해졌다. 속는 척을 해 보기로 했다. 정말 못 찾아서 그러는데 음원 링크 나 파일 보내 주시면 제가 틀어 드릴게요. 내가 이야 기하자 양시훈이 썼다. 그거 LP버전 히든 트랙이어서 웹으로 못 듣잖아요. 저작권자니까 음원 파일이 있 으신가 해서 여쭤본 거였어요.

　날조도 이만하면 정성이 갸륵했다. 불신하는 표정 이 얼굴에 드러났는지 양시훈이 내 속을 빤히 들여다

보는 말을 했다. 저 이상한 사람 아니에요. 저야말로 지금 님이 왜 이러는지 모르겠네요. 틀어 주기 싫으면 그냥 솔직하게 말하시지…….

없는 걸 자꾸만 있다고 하는 양시훈이 답답했다. 양시훈은 있는 걸 없다고 우기는 나 때문에 환장하겠다고 한다. 나는 말했다. 저 진짜 그런 유명인 아니고요. 제 노래 듣는 사람 있는 줄도 오늘 처음 알았어요. 양시훈은 발 빠르게 증거 사진들을 가져왔다.

'정혜진'이라는 이름이 새겨진 차콜색 재킷 앨범과 2022 그래미 어워드 수상 정보 이력, 1000만 뷰를 넘긴 공연 영상의 캡처본들이 순서대로 올라왔다. 라이브 채팅창에는 이렇게 썼다. 지금 입장하신 고독방 인원수만 해도 900명이 넘는데 무슨 노래를 듣는 사람이 없어요. 그러나 내 눈에 보이는 고독방의 인원은 나, 방장, 양시훈, 이렇게 셋이 전부였다.

캠에 대고 직접 고독방의 상태를 보여 줬다. 아니 진짜 주작하지 마세요. 내가 빈정거리자 양시훈은 탤런트 김수미가 소주병 나발 부는 사진을 한 장 올렸다. 그러고는 적었다. zerogravity. 제 카톡 아이디인데 페이스톡 주세요.

나는 아이디를 입력해 친구 추가를 했다. 페이스

톡을 걸었지만 연결되지 않았다. 양시훈 말로는 전화가 오지 않았다고 했다. 끝내는 자신의 핸드폰 번호 열두 자리까지 알려 줬다. 번호를 누르고 전화를 걸어 봤다. 굳이 이렇게까지 해야 하나? 죽으려고 남겨 둔 알량한 힘까지 실랑이 벌이는 데에 다 쓰는 기분이 든다. 내 쪽에선 통화 연결음이 잘만 들리는데. 양시훈은 채팅창에 썼다. 제 번호로 걸고 있는 것 맞나요? 안 오는데? 이번에도 카메라 렌즈 가까이에 핸드폰 화면을 가져다 댔다. 그가 마저 썼다. 그 번호 맞는데 왜 그럴까요?

그걸 왜 나한테 묻냐. 나도 어리둥절했지만 방송을 자연스럽게 끌 생각으로 재생 중인 노래를 바꿨다. 엔하이픈의 「플리커(Flicker)」. 이것만 듣고 진짜 죽으러 가야지, 생각했는데 라이브 채팅창에 링크 하나가 올라왔다. 새 탭을 열어서 복사한 주소를 붙여 넣었다. 그러자 컴퓨터 책상 앞에 앉아 캠의 밝기를 조절하는 남자가 보였다.

그가 켜 놓은 노트북 화면 속에는 실시간 방송 중인 나의 모습이 보였다. 말하자면 내 방송을 보는 양시훈의 방송을 보는 나. 뭐가 이렇게 복잡해. 혼란한 와중에 그가 손을 흔들며 자연스럽게 말했다.

"들어오셨네. 저 잘 보이죠?"

나는 몸을 움츠렸다. 눈을 내리깔고 고개를 끄덕였다. 온라인이어도 얼굴을 마주하며 대화하는 게 어색했다. 잠깐만요. 턴테이블 좀 가져올게요. 양시훈은 그렇게 말하고 방을 비웠다.

나는 화면 속 그의 방을 구경했다. RGB 무지갯빛이 쏟아지는 기계식 키보드. 잘 정돈된 침대. 올리브색 벽 한편에 세워 둔 유영국의 그림 액자.

마찬가지로 캠이 비추는 내 방을 비교했다. 여름이 성큼 다가왔는데 아직도 덮고 있는 겨울 솜이불. 먼지가 하얗게 내려앉은 기타. 창문 모서리에서 덜렁덜렁 춤을 추는 공업용 청테이프. 이 꼴을 하고 방송을 켰네. 얼굴이 화끈거렸다.

양시훈이 돌아와 턴테이블에 바이닐을 올렸다. 나는 틀어 둔 음악을 정지시키고 양시훈의 화면 속에서 내가 불렀다는 그 노래가 나오길 기다렸다. 그가 바늘의 위치를 조정하며 히든 트랙을 가늠했다.

곧 노래의 도입부가 흘렀다. 내 머릿속에서만 맴돌던 실체 없는 멜로디가 이상적인 소리의 형태로 구현된 노래였다. 목소리도 음악 스타일도 내 것이 확실했다. 양시훈은 생각에 잠긴 듯 턱을 괸 채 노래를 들었다. 간혹 리듬에 맞춰 머리를 움직이기도 했다.

영원 같던 4분의 시간이 흐른 후 나는 운을 뗐다.

"저희는 다른 우주에 있나 봐요."

양시훈은 잠시 멍하게 입을 벌렸다. 그러다 정신을 차리고 안도한다는 듯 한숨을 크게 한 번 내쉬더니 말했다.

"그런 게 있다고 하니까 진짜 다행이에요."

나는 의아해져서 물었다.

"왜요?"

그가 답했다.

"저는 절망 편이지만 다른 시공간에 보통 편도 있고 희망 편도 있다 생각하니까 마음이 놓여서요."

방장도 어딘가에서는 잘 살고 있을 테고. 그가 말끝을 흐리며 눈을 내리깔았다. 나는 방장에 대한 이야기를 더 듣고 싶었지만 그는 별로 내키지 않았는지 화제를 바꿨다.

"거기는 스파이더맨이 누구인가요?"

양시훈이 장난스레 물었고, 우린 동시에 외쳤다. 나는 톰 홀랜드, 양시훈은 에이든 매컬러스.

에이든이란 이름을 들으니 반가웠다. 예전에 아역 배우로 드문드문 활동하다 소리 소문 없이 사라진 배

우였는데, 양시훈의 세계에서는 어엿한 스파이더맨
이 되었구나. 기특하다. 어떤 우주에서는 티모시 샬
라메가 스파이더맨을 하고 있을지도. 그런 상상을 하
며 오랜만에 소리 내어 웃었다. 한결 편해진 분위기
를 틈타 양시훈이 제안했다.

"다른 우주의 앨범 계속 들으실래요?"

그 말을 듣자 머릿속에서 어떤 장면이 펼쳐졌다.
내가 있는 세계에는 존재하지 않는, 그래미상을 받았
다는 나의 앨범을 처음부터 끝까지 듣는다. 그런 다
음 여기서도 동일한 제목과 곡조를 가진 노래를 만들
어 낸다. 트랙 리스트까지 토씨 하나 틀리지 않은 앨
범을 말이다. 그렇다면 이곳에서의 내 인생이 180도
달라질까? 계속 살고 싶을까?

고민 끝에 도달한 결론은 아니오.

이 우주에서의 나는 그런 것들을 다시 시작할 에
너지가 한 톨도 남아 있지 않다. 대신 다른 게 궁금해
졌다.

그곳의 내가 행복한 버전이라면 과연 어떤 얼굴을
하고 살고 있을까. 처음으로 화면 속 양시훈의 눈을
쳐다보며 물었다. 노래는 괜찮고 그 세계의 저에 대해
더 말씀해 주세요.

말보다는 직접 보여 드리는 게 나을 것 같아요. 양시훈은 그렇게 말하고 마우스와 자판을 두드렸다. 곧 화면을 통해 동영상 창 하나가 나타났다. 내가 그래미 어워드에서 올해의 앨범상을 수상하는 모습이었다.

정혜진. 이름 석 자가 호명된다. 나는 멍청한 표정으로 자리에서 일어난다. 앞에 앉은 빌리 아일리시, 옆에 앉은 코난 그레이, 뒤에 앉은 해리 스타일스가 다 같이 일어나 축하해 준다.

나는 기립 박수를 뒤로하고 무대를 향해 걸어 올라간다. 축음기 모양의 금빛 트로피를 받을 때에는 이를 드러내며 웃기도 한다. 하지만 웃는다고 해서 행복한 것 같진 않다. 그래미 정혜진의 머리 위에도 지금 내 머리 위에 뜬 것과 똑같은 모양의 먹구름이 따라다닌다.

나는 한동안 어, 어, 어, 우물거리다 장내의 가수들에게 격려 박수를 받는다. 떨리는 양손을 꽉 맞잡고 힘겹게 입을 연다.

사람들 앞에 서는 일이, 감정의 교환이, 저한테는 죽고 싶을 만큼 힘이 듭니다. 수상 소감이 시작되자 뒤편의 스크린에서 영한 동시 번역 자막이 뜬다. 나는 계속 말한다. 이런 주제에 무슨 노래를 부른다고.

웃기죠? 거기까지 말하고 멈춘다.

공중에서 맴돌던 먹구름의 부피가 점점 팽창한다. 몸집을 부풀린다. 나는 부서질 듯 말 듯 위태로운 구름을 올려다본다. 입술은 바싹 마르고 얼굴은 하얗게 질려 있다. 팽창한 구름이 폭발하던 순간, 아마도 내 눈앞은 까맣게 암전.

나의 감상. 그래미의 흑역사. 억지로 공황을 삼킨 이후로도 한참이나 파편화된 말을 주절대는데 무슨 말이 하고 싶었던 건지 도무지 모르겠다. 다만 보여지는 행동을 통해 짐작할 뿐이었다.

내가 꿈조차 꿔 본 적 없던 업적을 모두 이룬 다른 세상의 나도 공허해하고 우울해하며 늘 죽음을 생각한다. 시간이 지나가길 견디고 있다.

물론 시간이 지나간들 마땅한 대책도 없다. 살아 있는 한 내가 끌어안은 우울과 동거해야겠지. 죽어야 끝난다. 그런 생각을 하고 있는데 양시훈이 별안간 영상을 멈추고 말했다.

"거기서도 여전하신 것 같아요."

나는 씁쓸하게 웃으며 대답했다.

"희망 편은 다른 곳에 있나 봐요."

양시훈이 말했다.

"부탁 하나 해도 될까요?"

뭔데요? 내가 묻자 양시훈이 답했다. 아까 고독방 방장, 그러니까 당신 사진 찍은 사람 말인데요. 저랑은 사랑하지 않아도 괜찮으니까 없어지지 않고 잘 살고 있었으면 좋겠거든요. 아니 실은 이제 저도 잘 산다는 게 뭔지 도무지 모르겠어요. 그냥 생각 없이 살아도 되니까 사는 게 슬프다는 생각만 하지 않았으면 좋겠는데. 가서 확인 한 번만 해 주세요. 거기 있는지.

그의 연인은 없어지기 전까지 노들섬의 라이브하우스에서 일했다고 한다.

"저녁 8시에 일이 끝나요."

시간을 확인하니 영 무리였다.

"지금 7시 40분이에요."

그가 덧붙였다. 8시부터 9시까지 노들섬에 앉아 있다가 갑니다. 입구에 보면 Nodeul Island라는 알파벳 조각상이 있는데 아마 n에 앉아 있을 거예요. 만약 이어폰을 끼고 노래를 듣고 있으면 옆에 가만히 앉아 있어 주세요. 당신도 당신의 이어폰을 끼고 듣고 싶은 노래를 들어도 좋을 것 같고요.

나도 방장이 궁금했지만 집 밖으로 나가기 두려워 망설였다. 양시훈은 계속 말했다. 빵을 먹고 있으면 두유를, 울고 있으면 휴지를 건네주세요. 만약 울고 있으면 눈물이 그칠 때까지만 곁에 있어 주세요.

수락해 놓고 보니 부탁이 하나가 아니었다. 나는 투덜거리며 포스트잇에 챙겨야 할 준비물들을 하나씩 썼다. 1 이어폰 2 두유 3 휴지. 서랍에서 한쪽이 망가진 줄 이어폰을 꺼냈다. 두유는 가다가 편의점에 들러서 사야지. 휴지. 책상 위에 있던 휴대용 티슈를 가방에 챙겨 넣었다. 아주 오래전 거리의 전도자에게 받은 거였는데, 그 사람은 티슈를 건네며 내게 이런 말을 했다. 하나님은 당신을 사랑합니다. 앞면에는 교회 약도가 그려져 있었고, 뒷면에는 잠언 8장 17절의 성경 문구가 박혀 있었다.

나를 사랑하는 자들이 나의 사랑을 입으며 나를 간절히 찾는 자가 나를 만날 것이다.

그날 집에 돌아와 굵은 네임펜으로 글씨를 고쳐 썼다.

나를 외면하는 자들이 나의 사랑을 입으며 나를 간절히 잊는 자가 나를 만날 것이다.

51일 만에 외출했다. 공기 중에서 물비린내가 났다. 굵은 빗방울 하나가 정수리 위로 떨어졌다. 우산도 챙기지 않았는데 나오자마자 짙은 먹구름이 드리웠다. 이 정도는 낙담할 일도 아니었다. 어차피 내가 우산을 챙기면 비가 내리지 않고, 우산을 챙기지 않으면 비가 내린다. 내 눈물처럼 맥락 없이 떨어지는 빗줄기를 맞으며 노들섬으로 향했다.

여자는 양시훈이 말한 대로 Island의 n 위에 앉아 있었다. 노래를 듣거나, 빵을 먹거나, 울고 있거나 하나만 할 줄 알았는데 그 세 개를 동시에 하고 있었다. 귀에는 이어폰을 꼈는데 노랫소리가 밖으로 새어 나와서 다 들렸다. 빵 먹으며 우는 사람 실제로 처음 봐서 신기했다.

나는 옆으로 조용히 다가가 Island의 s에 가서 앉았다. a나 d에 가서 앉기에는 너무 가깝고 껄끄러웠다. 무엇보다 s의 양옆에 있는 대문자 I와 소문자 l이 방벽 역할을 해 줘서 안정감이 들었다.

한쪽만 나오는 이어폰을 핸드폰에 꽂고 노래를 들었다. 나는 지금 아일랜드에 앉았으니까 민수의 「섬」을 재생시켰다. 드럼 템포에 맞춰 발을 움직였다. 애매하게 떨어지는 비 때문에 이어폰에서 정전기가 돈았다. 고막이 짜르르 울렸다. 가방에서 두유와 휴지를 꺼냈지만 이 곡만 마저 듣고 해야지. 선뜻 건네기가 쑥스럽다.

흐르는 배경음악에 기댄 채 노들섬의 풍경을 구경했다. 차양 벤치에 앉아 음주를 즐기는 무리. 반려견을 데리고 저녁 산책을 나온 가족들. 이따금 지나다니는 자전거와 전동 킥보드를 멍하니 바라보았다.

두유와 휴지를 만지작거리며 그냥 돌아갈까 고민하는데, 핸드폰이 울렸다. 양시훈이었다. 귀신 같은 놈. 그는 나의 유튜브에 이런 댓글을 남겼다. 도착하셨나요? 전 지금 d에 앉았는데 그 애도 있나요? 나의 소중한 계정을 메모장처럼 이용하지 말란 말이다. 쯧, 하고 혀를 한 번 찼다.

d를 보려고 고개를 들었다. 아무것도 없이 휑했고 n에 앉은 여자와 괜히 눈만 마주쳤다. 여자가 이어폰을 빼고 말했다. 정혜진님 아니신가요. 목소리가 잔잔하게 일렁였다. 나도 이어폰을 빼고 말했다. 네 맞아요. 알파벳 l과 a를 지나쳐 두유와 휴지를 건네주었다. 이거 하세요. 여자가 그것들을 받으며 인사했다. 감사합니다. s까지 다시 돌아가기가 좀 그래서 다른 우주의 양시훈이 앉아 있다는 d에 가서 앉았다. 기분

이 이상했다. 여자는 휴지로 눈물을 닦고, 두유에 빨대를 꽂아 몇 모금 마셨다.

여자는 양시훈의 염원대로 없어지지 않고 이곳에 있다. 있기야 하지만.

이제 나는 그가 부탁한 대로 여자를 지켜보며 듣고 싶은 노래를 따로 또 같이 듣고 자리를 뜨면 된다. 간단한 일이었는데. 음악을 끄고 핸드폰 단자에서 이어폰을 분리시켰다. 그러고는 여자에게 말을 걸었다.

"전 그래도 좋아하는 노래를 듣는 동안만큼은 조금 견뎌지는 것 같아요."

"깨어 있는 시간 내내 듣고 있으면 계속 힘낼 수 있을까요?"

"그래 본 적 없어서 모르겠는데. 한번 시도해 보고 어떤지 알려 주세요."

여자가 종이봉투에 들어 있던 소금빵 하나를 꺼냈다. 내 허벅지 위에 빵을 올리며 말했다. 이런 말 새삼스럽지만, 팬이에요. 정확히 빵 밑바닥 크기만큼의 허벅지 표피가 마비된 것처럼 아려 왔다. 내가 다리 위의 빵을 멀뚱히 보고만 있자 여자가 말했다.

"뭔가를 드리고 싶은데 제가 지금 마땅히 드릴 게 없어서."

문득 어제오늘 한 끼도 안 먹었다는 게 생각났다. 허겁지겁 빵을 삼켰다. 51일 만에 멀쩡한 음식물을 섭취한다. 식도가 감동했는지 서서히 조여든다. 목구멍이 먹먹하다. 눈물이 고이는 맛이다. 손을 오므리고 명치를 살살 두드렸다. 그러자 여자가 내게도 두유를 나눠 줬다.

이 세계에는 양시훈이 알려 준 정보와는 조금 다른 점이 있었다. 여자는 늘 n 위에 앉아 기타 연습을 하고 간다. 손가락이 아려 올 때까지 줄을 퉁긴다고. 리키 넬슨의 「론섬 타운(Lonesome Town)」이 그녀의 요즘 연습곡이다. 나는 여자의 손톱을 훔쳐봤다. 바싹 깎은 뭉툭한 손톱 근처의 어떤 살갗에는 굳은살이 박였고, 어떤 여린 살갗은 까져서 피가 붉게 맺혔다. 그대로 시선을 옮겨 내 손톱을 내려다봤다. 깨끗하다. 교습소를 관둔 후로 1년 동안 기타를 치지 않은 손이다. 내 입으로 이런 말 하긴 그렇지만 섬섬옥수다.

여자가 연주하는 기타 소리에 몰두했다. 여자는 부끄러웠는지 중반부가 지날 즈음 잠시 머뭇거렸다. 나는 연주를 멈추지 말아 달라고 부탁했다. 여자는 악보의 끝에 도돌이표라도 있는 것처럼 「론섬 타운」의 첫 부분으로 하염없이 돌아갔다. 곡이 반복될 때마다 분위기가 미묘하게 달라졌는데 첫 번째는 서글펐고 두 번째는 다정했다.

노래가 세 번째로 반복될 때, 나는 여자의 기타 연주에 맞춰 노래를 같이 불렀다. 끊어질 듯 이어지는 낮은 어조로 흥얼거렸다. 다른 세계에서 조각물 d에 앉아 있을 양시훈을 의식하며 불렀다. 이게 내가 표현할 수 있는 유일한 방법이다. 기쁨도 서글픔도 다정함도 모두 무덤덤하게 들렸으면 좋겠다.

네 번째는 흐르는 강을 바라보며 불렀다. 강의 물살이 되어 보고 싶어서 흘러가듯이 잔잔하게 불렀다.

바닥을 헤아리기 힘든 수심 깊은 강물이 내 앞에서 흐른다. 빗방울이 떨어질 때마다 물결에서 작은 파동이 발생하지만 일시적이다. 강은 완만한 파고를 그리며 오른쪽에서 왼쪽으로 쉼 없이 지나간다. 강은 태어난 이래로 단 한 번도 저 시간에 따른 물의 흐름을 멈춘 적이 없을 것이다.

하지만 나는 언제고 멈출 수 있다. 물에 잠긴 나를 상상한다. 그곳은 아주 어둡고 차갑겠지.

지금 우리가 부르는 노래의 시간은 2분 16초. 언젠가 이 반복되는 노래가 끝나면 나는 깊은 강물이 흐르는 저곳까지 스스로 걸어 들어갈 수도 있고, 걸어 들어가지 않을 수도 있다.

슬픔이라는 이름이 새겨진 돌을 주머니에 넣고 몇 발짝만 앞으로 옮기면…… 또는 희망이라는 이름이 새겨진 돌을 손바닥 위에 굴리며 쉼 없이 노래를 부른다면…….

양시훈과 내가 겹쳐 앉아 있는 조각물 d 위로 바람이 소란스레 분다. 물과 바람 소리조차 우리가 반복하는 노래의 일부처럼 느껴졌다. 물과 바람이 뒤섞일 때 불현듯 이런 목소리도 들은 것 같다.

노래 잘 듣고 있어요.

실제로 들으니 알게 됐다. 그렇게 휘발되는 말 한마디로는 우리 마음속 깃든 빛이 열 촉은커녕 세 촉도 밝아질 수 없다는 것을. 지속될 수 없다는 것을. 금방 또 죽고 싶은 마음이 생기리란 것을.

석양이 지고 어둠이 완전히 내려앉자 우리가 앉은 Nodeul Island 조각상에 희고 가냘픈 불이 켜졌다. 다리 사이로 미지근한 빛이 스며들었다. 무심코 고개를 숙였는데 물방울 하나가 내 발등 위로 툭 떨어지는 게 보였다. 내일은 또 어떨지 모르겠지만 지금은 이걸로 괜찮았다.

들개들의 트랙 리스트

누나네 부부가 런던 여행을 즐기는 동안 내게 강아지를 돌봐 달라고 부탁했다. 누나가 알려 준 도어록 번호를 누르고 집에 들어가 개 밥그릇에 물과 사료를 채워 넣었다. 포메라니안은 낯선 나를 보고도 짖지 않았다. 그저 흰 털을 흩날리며 밥그릇 쪽으로 다가왔다. 작은 얼굴을 그릇에 파묻고 물과 밥을 번갈아 먹었다. 강아지가 밥 먹는 모습을 사진으로 찍었다.

하루도 거르지 않고 강아지 밥 먹는 인증 사진을 누나에게 찍어 보내는 대가로 아케이드 파이어 시디 박스 세트와 루 리드 전기 도서, 그리고 조이 디비전의 앨범 커버가 그려진 후드티셔츠를 선물받기로 했다.

밥을 해치운 포메라니안은 신이 났는지 거실을 달렸다. 놀아 달라는 제스처였다. 산책을 나가려 해도 하네스가 어디 있는지 몰랐다. 게다가 강아지에 대해 뭣도 모르는 상태로 무작정 나갔다가 어디 잘못되기라도 하면······.

산책은 천천히 하기로 하고 대신 거실에서 잡기 놀이를 했다. 강아지와 함께 대리석 바닥을 뛰어다니다 방음 처리된 방 앞에 다다랐다. 호기심을 못 이기고 문고리를 돌렸다.

방 안에는 엘피와 시디들이 빼곡히 꽂혀 있었다. 음반 진열장 반대편에는 빈티지 축음기를 비롯한 최신형 턴테이블과 오디오, 그리고 성능 좋은 앰프와 고가의 톨보이 스피커까지 다양한 음향기기들로 가득했다. 나는 본격적으로 음반 진열장을 뒤졌다.

보비 다린, 쳇 베이커, 콜 포터, 데이브 브루벡, 듀크 엘링턴, 존 콜트레인, 팻 메시니. 일일이 이름을 나열하기에도 숨이 찼다. 한 시기를 풍미했던 뮤지션들이 알파벳순으로 또는 앨범 발매일순으로 정갈하게 꽂혀 있는 것을 보고 욕인지 감탄사인지 모를 말들이 두서없이 튀어나왔다.

매형의 열정적인 디깅력을 매도하는 건 아니다. 단

지 시장경제의 부조리를 체감했을 뿐이다. 사람이든 사물이든 무언가 온 힘을 다해 좋아하려면 돈이 많아야 가능한 것이다.

하루하루 고군분투하는 인디밴드의 보컬은 동묘 앞을 배회하며 중고 엘피와 시디를 산다. 주머니 사정이 좋으면 아주 가끔 국내 라이선스반을 사지만 주로 유튜브나 스포티파이를 애용한다. 내가 구매하고 싶은 음반은 해외 아마존 사이트에서 직구해야 하는데 그것들은 관세가 붙어서 지나치게 비쌌다. 어렵사리 산다 해도 방이 비좁아 모아 둘 데가 없다. 그런데 외국계 투자은행의 차장님은 이렇게 완벽한 공간을 가지고 있다.

나는 넘실대는 재즈의 홍수 속에서 로큰롤 앨범을 찾아냈다. 더 도어스가 1967년에 발표한 음반 「스트레인지 데이스(Strange Days)」였다. 턴테이블에 판을 올리고 바늘을 내렸다. 몸을 포근하게 감싸 주는 소파에 앉아 짐 모리슨의 쇠 긁는 듯한 목소리를 들었다. 생생한 사운드였다. 손가락을 까딱거리며 마지막 트랙인 「웬 더 뮤직스 오버(When The Music's Over)」까지 듣고 나자 35분 16초가 흘렀다.

괜찮은 생각이 떠올랐다. 오늘 저녁 연습은 대실

료를 아낄 겸 여기서 하는 게 좋을 것 같다. 가이드곡 듣고 가사 어떻게 쓸지만 의논할 건데 굳이 상수동 합주실에서 만날 필요는 없잖아? 돈 굳고 시간 굳어 좋네. 나는 멤버 단톡방에 지도 앱을 링크했다. 그러고는 누나네 집까지 오는 교통편을 입력했다.

─합정에서 버스 타고 오면 금방이야.

멤버들은 10분이 지나도 읽지 않았다. 이번에는 매형의 음악 감상실을 동영상으로 찍어 올렸다. 그래도 반응이 없었다. 세계 맥주가 가득 찬 술 냉장고 사진을 찍어 올렸다. 작업 끝나면 밤새 마실 수 있어. 자고 가. 덧붙였다.

그러자 하트를 발산하는 곰돌이 이모티콘과 함께 신시사이저 승규가 나타났다. 기타 치는 우현은 와인 잔을 든 토끼가 윙크하는 이모티콘으로 화답했다. 그는 치어스라고 썼다. 베이스 영준도 "그럼 다들 이따 보자."라는 메시지를 담담하게 남겼다.

단 한 사람, 우리 밴드 들개들의 리더이자 드러머인 진영 형만 대답이 없었다. 그래도 오겠지. 나는 형을 믿는다.

들개들의 멤버 다섯은 진영 형이 작곡해 온 가이드

곡을 들었다. 우현은 바로 코드를 따더니 기타를 설렁설렁 연주했다. 진영 형은 손으로 나무 선반을 두드리며 템포를 맞추었다. 나는 멜로디가 귀에 익자마자 의견을 덧붙였다.

"여기에 사이키델릭 입히면 끝내주겠다."

그러자 진영 형은 고개를 갸웃거리며 말했다.

"멜로디 라인을 최대한 살려서 포크로 갈 거야. 보컬은 조곤조곤 읊조리듯이. 진심을 담아서. 산울림 알지? 그 느낌이야."

산울림이라고 했다. 아까부터 드럼도 계속 엇박이더니 무슨 일일까. 이런 밋밋한 멜로디 라인으로 포크를 한단 말이지. 신시사이저로 잔뜩 만져 줘야 할 것 같은데. 생각이 많아져서 말을 못 잇는 사이 승규가 몇 마디 거들었다.

"형 왜 갑자기 나랑 포크를 한다고 해요? 그건 유튜브에 개인적으로 올리세요."

나도 동의했다. 무엇보다 포크는 우리가 밴드를 결성했을 당시의 지향점이 아니었다. 우리는 뉴 오더를 롤 모델로 삼는 신스팝 밴드였다. 형은 고집을 꺾지 않았다. 당황했는지 콧잔등에 땀방울이 와글거렸다. 목소리도 조금 흥분했다.

"한 번쯤은 기계음 안 입히고 생으로 해 보고 싶어. 후질 수도 있고 실패할 수도 있지만 그래도 도전하면서 배우는 거지. 진심은 배신하지 않을 거야. 우리도 성장의 계기가 될 수 있고."

베이스 영준은 영문을 모르겠다는 얼굴로 정수리만 박박 긁었다. 우현은 기타를 벽에 세워 놓고 손톱을 후후, 불며 말했다.

"형의 진심은 뭔데요? 난 멜론 1위 해 보고 싶어서 음악 하는데. 그걸 그냥 진심으로 표현하면 되는 건가요?"

성장이라는 말은 라디오헤드가 1집 「파블로 허니(Pablo Honey)」에서 3집 「오케이 컴퓨터(OK Computer)」로 나아갈 때나 쓰는 말이다. 형은 지금 「레코너(Reckoner)」라는 경지에 다다랐던 톰 요크가 「크립(Creep)」 불렀던 시절로 돌아가겠다는 말을 하는 거나 다름없었다. 문득 내 인식이 굉장히 끝내준다는 느낌이 들었다.

나는 형을 향해 그대로 이야기했다. 그러나 다른 멤버들은 이 엄청난 문학적인 비유를 알아듣지 못하고 너까지 왜 그러냐며 야유를 퍼부었다. 진영 형이 움츠러든 목소리로 소곤거렸다. 뭐, 톰 요크도 최근에는 「서스피리움(Suspirium)」 만들었고. 그건 피아노만 들어갔는걸. 잠깐의 고요함이 지나고 승규가 영준에게 말했다.

"야, 내 팔뚝 만져 봐. 진짜 소름 돋았어."

영준은 승규의 팔을 만지더니 고개를 끄덕거렸다. 다들 기운 없어 보였다.

우현은 요즘 건초염 때문에 아프다고 했다. 승규는 최근 엄마가 보이스 피싱 사기를 당해서 염세적인 성격이 되었다. 영준은 일과 음악을 병행하느라 하루에 세 시간밖에 못 잔단다. 나는 요즘 강아지 밥을 주고 있고, 맞벌이 부모님 대신 집에서 가사 노동을 하며 그냥저냥 산다. 가끔씩 이렇게 살아도 되나 싶은 자기혐오가 올라오긴 한다. 이대로 공중분해인가.

진영 형은 연신 땀을 흘렸다. 후덥지근해진 방을 환기하려고 문을 열자 강아지가 방 안으로 들어왔다. 혀를 길게 빼고 꼬리를 흔들었다. 기분이 좋은지 입과 눈이 웃고 있었다. 진영 형의 곁에 가더니 발 냄새를 킁킁 맡았다. 귀엽긴 했지만 지금은 강아지와 놀아 줄 분위기가 아니었다. 나는 강아지를 품에 안아 들고 켄넬 속에 집어넣었다.

진영 형은 의견을 굽히지도 않으면서 더는 자기주

장을 펴지 않았다. 조예 깊은 음악 지식과 화려한 달변으로 멤버들을 사로잡던 리더의 모습은 온데간데 없었다. 그 점이 우리를 더욱 불안하게 만들었다.

우린 조금 양보하기로 했다. 형이 말하는 진솔한 느낌이 잘 와닿질 않으니 본보기로 가사를 써 달라고 부탁했다.

형이 주머니에서 작은 무지 수첩을 꺼냈다. 그걸 본 나는 영준에게 중얼거렸다. 저것도 포크 콘셉트인가. 원래 핸드폰에다 쓰지 않았냐? 영준은 어깨를 으쓱했다. 형은 개의치 않고 단숨에 뭔가를 적어 내려갔다. 우현이 그걸 건네 받아 읽었다.

"그때 우리 주위의 공기는 서로 많이 닮아 있었지? 이게 뭐죠?"

포크라는 미명 아래 엉터리 사랑 이야기를 쓸 셈인가? 첫 줄부터 낯간지러웠다. 의견만 맞는다면 제일 쉬운 과정인데 오늘따라 지지부진했다.

작업은 쉬 끝날 것 같지 않았다. 어느덧 저녁때를 훌쩍 넘긴 8시였다. 진영 형의 진심은 끝내 모르게 되었지만 어쨌든 다들 술을 마시러 온 속셈도 있었기에 오늘은 이쯤에서 마무리하기로 했다.

의견 충돌도 있었고, 흥금을 털어 낼 겸 형이 가장

좋아하는 안주인 아구찜을 배달시켰다.

우리는 한국 인디신의 앞날을 걱정하며 맥주를 서른 캔 넘게 마셨다. 취한 목소리로 음악이 어쩌고저쩌고. 한마디씩 떠들었다. 그러나 진영 형만은 아무 말도 하지 않았고 우리 가운데 그 누구의 얼굴도 쳐다보지 않았다. 막연히 먼 벽의 한곳에만 초점 없는 시선을 두었다. 아직도 형의 정신은 사이먼 앤 가펑클이 포크 음악을 하던 1960년대에 가 있는 듯했다.

실컷 떠들고 나자 어색한 정적만이 감돌았다. 형은 술잔을 전부 비우고 화장실로 사라졌다. 우리 주위의 공기는 전혀 닮지 않았다. 어떤 곳은 싸늘했고 어떤 곳은 축축했다.

술이 떨어졌다. 더는 욕할 뮤지션도 떠오르지 않았다. 소재 고갈이다. 화장실은 방음이 되지 않나 보다. 진영 형의 구토 소리가 들렸다. 서로 눈치만 보던 와중 우현이 침묵을 깼다. 오는 길에 봤는데 산책로가 되게 좋더라. 술도 더 살 겸 바람을 쐬겠다고 했다.

나도 자리를 피하고 싶어서 우현을 따라나섰다. 우현은 11년 차 개 아버지다. 강아지를 같이 데려가면 좋을 것 같아서 켄넬을 열었다. 강아지가 없었다.

현관문과 창문은 전부 닫혀 있었다. 어디로도 빠

져나갈 구석이 없었다. 집 안 어딘가에 있을 텐데 도저히 찾을 수 없었다. 강아지를 불러 보아도 별다른 대답이 돌아오지 않았다. 그때 진영 형이 화장실에서 나왔다. 어지간히 토를 한 모양이었다. 땀과 눈물범벅이 된 얼굴로 말했다.

"우리 아까 배달 음식 받을 때 문 잠간 열었잖아."

멤버들은 둘, 셋으로 갈라져 동네를 샅샅이 뒤졌다. 나는 진영 형과 짝이 되었다. 산책로에는 밤의 주단이 깔렸다. 가로등도 켜 있지 않았다. 길가에는 고양이 한 마리조차 지나다니지 않았다. 무성한 잡목림들 사이로 매미들만이 목청을 높였다. 나무들이 몸을 흔들자 미풍이 불었다. 미지근한 밤바람이 우리의 열기를 식혀 주었다. 밖에 나와 보니 어떻게 강아지를 찾아야 할지 난감했다.

나는 견종이 포메라니안이라는 것만 안다. 생김새는커녕 이름도 모른다. 숲에도 들어가 보고, 산책로도 두 번을 왕복했지만 소용없었다. 방법이 떠오르지 않았다. 이런 일이 생기면 어디에 신고해야 되는지조차 몰랐다. 게다가 자정이 넘은 늦은 시각이었다.

진영 형은 강아지를 찾다가 지쳐 버렸다. 술 때문에 속이 좋지 않다고 놀이터의 벤치에 가서 드러누워

버렸다. 도움은커녕 짐만 되는 사람. 나는 벤치의 밑바닥도 살폈다. 강아지는 없었다. 날이 밝으면 누나에게 전화를 걸어 솔직히 고백을 한 다음, 누나가 시키는 대로 차분히 일을 처리하는 게 그나마 제일 합리적인 방법 같았다. 이럴 줄 알았으면 누나네 집에서 연습하는 게 아니었는데.

편의점에서 시원한 음료를 사 왔다. 벤치에 뻗어 있는 형에게 숙취 해소제와 배 주스를 건넸다. 만취하여 흐트러진 모습은 밴드 생활 4년 만에 처음 보는 광경이었다. 형이 몸을 일으켜 배 주스를 한 모금 마셨다. 그러고는 고개를 들어 밤하늘의 별을 쳐다보았다. 나도 초코우유를 마시며 풀벌레 소리를 들었다.

대체 강아지는 어디로 간 걸까. 걱정이 되었다. 형은 벤치에 가만히 앉아 노래를 흥얼거렸다. 이 와중에 속 편하게 노래나 부르다니. 밥 딜런이구나. 자동 반사로 가수 이름부터 떠올리는 나도 참 징글징글하다.

핸드폰을 켜서 포크 음악 몇 곡을 재생목록에 추가했다. 형과 밥 딜런이 두 번 생각하지 말라, 잘될 거다, 라고 읊조렸다. 마음이 조금 진정됐다. 어쩌면 노랫소리를 들은 강아지가 우리를 찾아올지도 모르지.

알고 보면 나도 포크를 싫어하지 않았다. 되레 좋

아하는 편이었다. 할 수 있다면야 왜 근사하게 부르고 싶지 않겠는가. 난색을 표했던 이유는 내 실력으로는 생음악을 제대로 구현하지 못할 것 같아 두려웠기 때문이다.

이토록 머리가 물러진 건 달달한 초코우유 때문일 수도 있고, 페가수스좌의 반짝이는 별들 때문일 수도 있고, 그도 아니면 핸드폰 스피커를 통해 흘러나오는 나직한 밥 딜런 때문일 수도 있다. 나는 아무 말이나 하고 싶어졌다.

"빈집을 점령하면 어린 시절이 생각나요. 집에 아무도 없으면 전부 내 세상이잖아요. 그때마다 누나 서랍 뒤져서 과자도 몰래 먹고, 일기도 훔쳐보고, 보고 싶은 만화 실컷 보고, 노래 크게 틀어 놓고 춤도 추고 그랬는데. 형은 그런 적 없어요?"

진영 형은 시름에 잠긴 표정을 짓다가 그런 얘기라면, 하며 운을 뗐다. 그러더니 다시 한참을 입술 언저리의 각질만 뜯어냈다. 말을 꺼낼까 말까 망설이는 눈치였다. 마침내 말하기로 결심했는지 귀를 붉히며 입을 열었다.

"난 사실 남의 집…… 남의 빈집을 이렇게 와 본 게 13년 만이야."

말도 안 되는 거짓말이라고 생각했다. 어떻게 13년이나 남의 집을 가 본 적이 없을까. 내 경우만 해도 중고등학교 때는 방과 후면 친구네 빈집에서 매일같이 놀았다. 대학 때도 다르지 않았다. 동기의 자취방은 모두의 과방이나 다름없었다. 하물며 추석이나 설날에는 친척 집에 갈 수도 있는 일인데. 나는 입을 다물지 못하고 다시 물었다.

"형 혹시 은둔형 외톨이 뭐 그런 거였어요?"

진영 형이 그런 건 절대 아니라고 발을 구르며 부정했다. 나는 그게 뭐 나쁜 건가 싶었지만 어쨌든 형의 말을 좀 더 들어 보기로 했다.

"어떤 할머니 때문이었어. 남의 집 방문을 멈춘 건."

"할머니?"

"그래, 그건 어떤 할머니 때문이었는데."

플레이 리스트는 어느새 밥 딜런에서 수프얀 스티븐스를 지나 벨 앤 서배스천의 「이프 쉬 원츠 미(If She Wants Me)」 도입부로 향했다. 진영 형이 본격적으로 이야기를 시작할 참이었다.

"과장 조금 보태자면, 지구촌에서 가장 일찍 등교를 했던 학생은 아마 나였을걸. 낙뢰를 동반한 폭풍우가 휘몰아치는 날에도, 버스 안에서 급똥이 마려워도 학교에 안 갔으면 안 갔지. 두 번째나 세 번째로 가는 건 용납할 수 없었어. 내가 100미터 달리기는 밑에서 맴돌았어도 등교 1등만은 초중고 통틀어 단 한 번도 놓쳐 본 적 없었으니까."

진영 형은 어째서 학교에 맨 먼저 도착해야 했을까. 새벽 시간을 활용하여 영어 단어를 50개씩 외우는 것도 아니었을 텐데 말이다. 거기에는 남다른 이유가 있다고 했다.

"애들이 교실에 두고 다니는 잡스러운 물건들 있잖아. 그걸 몰래 훔쳐보는 게 너무 재있었어. 전교 1등을 놓친 적 없던 박이라는 아이의 수학 노트에 그려진 삼각함수 그래프를 들여다보노라면, 걔의 필통에 들어 있던 형광펜들과 샤프를 꺼내서 필기를 하노라면, 마치 내가 학교와 부모의 기대를 한 몸에 받는 박이라도 된 기분이었으니까.

그렇지만 아무래도 남의 것을 요리조리 살펴보려면 초파리 한 마리라도 없을 때 가서 하는 편이 낫잖아. 물건 뒤적거리는 일 따위, 누군가에게 걸려 버리면 내 입장도 난처해지고 말이지. 어쩌면 두 번 다시 취미 생활을 못 누릴 수도 있으니까."

학창 시절 장래 희망이 괴도 루팡이었냐고 내가 물

었다. 형은 고개를 저었다. 셜록 홈스였냐고 다시 물었다. 그것도 아니라고 했다.

형에겐 나름의 룰이 있었다. 제아무리 사족을 못 쓰는 아이팟 클래식이나 건담 피규어가 눈앞에 등장해 마음을 어지럽혀도 주머니에 절대 집어넣지 않았다고 했다. 잠시 만져 보기는 했지만 제자리에 그대로 가져다 놓았다. 흑심이 없었으니 유혹을 참고 말고할 것도 없었다.

형이 훔치는 게 하나 있다면 물건 속에 깃든 이야기라고 했다.

"그 물건들엔 각기 다른 서른다섯 개의 삶들이 있었어. 우리가 아무리 가사로 표현하고, 멜로디로 설명하고 싶어도 잘 되지 않았던 답답한 부분들이, 그 친구들 물건을 조금만 살펴보면 걔들이 살아왔을 진짜 삶 같은 게 어렴풋이 보였던 거야."

진영 형은 등교 1등 하던 관음 소년 시절을 떠올리며 낯빛이 점점 환해졌다. 나는 이해가 가지 않았다. 걸리면 어쩌려고 그랬을까. 남의 삶을 엿보는 재미를 위해서라면 차라리 책이나 영화를 보는 편이 안전하지 않냐고 되물었다. 그러자 형은 이렇게 말했다.

"영화를 보거나 책을 읽는 것보다 훨씬 진짜였으니

까. 나는 그 진짜에 중독된 상태였어. 점점 빠져들어서 나오지 못하는 지경이었지. 들여다보면 볼수록 사람들이 말하지 않는 부분까지 보였으니까.

어느 날은 운동 실력도 좋고, 친구들도 많고, 목소리고 밝고, 항상 웃는 얼굴로 돌아다니던 애가 음악 노트 한 페이지에 죽어, 죽어, 죽어, 죽어. 이렇게 잔뜩 써 놓은 걸 봤어. 그러면 나는 상상해 보는 거야. 이런 애도 누군가를 죽이고 싶도록 미워하는구나. 나는 죽어,라고 쓴 아랫줄에다 연필로 꾹꾹 눌러썼지. 그래도 죽이진 마, 힘내,라고."

"그러면 걸리잖아요."

"그래서 연필로 썼다고. 나 혼자 보고 지우려고."

나는 그제야 자신이 쓴 문장을 몇 번 거듭하여 읽다가 박박 지웠을 진영 형을, 입으로 후, 불자 공기 중으로 흩날렸을 지우개 가루를, "그래도 죽이진 마, 힘내."라는 자국이 깊게 파였을 소년의 누렇게 바랜 오선지 노트를 떠올려 보았다.

진영 형의 관음 라이프는 거기서 끝이 아니었다. 형이 빈 교실의 사물 들여다보기보다 더 즐기던 일은 따로 있었다. 바로 남의 집 문을 따고 몰래 들어가는 거였다. 아주 오래전 일이라 다행이었다. 버릇이 아직까지 이어졌다면 나는 형이 하는 이야기를 파주시 타운하우스의 등나무 벤치가 아닌 어느 지방법원 재판실에서 변호사의 입을 통해 듣고 있을지도 모르니까 말이다.

"서울 지하철 노선도가 내 방 벽에 붙어 있었어. 쉬는 날이면 눈을 감고 노선도 위에 다트 화살을 던졌어. 만일 핀이 영등포구청역에 꽂히면 그곳을 중심으로 당산동 훑고 양평동 거쳐서 문래동까지 찍는 거지. 그런 식으로 종일토록 낯선 동네를 배회하면 어느 시점엔가 방향감각이 생겨."

"그렇게 걷다가 빈집을 발견하면 들어가는 거예요?"

"빈집이라고 해서 다 같은 빈집이 아니야. 아파트 단지가 조성된 도심보다는 단독주택이나 연립빌라가 밀집된 골목이 좋아. 그런 곳이야말로 몰래 들어가기에 제격이지. 골목 주변을 한 바퀴 슬슬 돌다 보면 창문 하나 열려 있는 집이야 늘 있으니까. 그럼 창틀에 발 한 번 딛고 넘어가면 되는 거야."

우리가 마시던 음료는 바닥이 드러났다. 플레이 리스트의 포크 노래들도 거의 막바지였다. 캣 스티븐스가 「돈 비 샤이(Don't Be Shy)」를 잔잔하게 불렀다. 늦여름 교외의 새벽바람은 서늘한 기운을 한층 더해

갔다.

으스스해진 나는 몸을 떨며 놀이터를 한 바퀴 돌았다. 강아지를 찾으려고 벤치 앞에 있던 미끄럼틀 계단을 올라갔다. 다시 원형의 붉은색 플라스틱 관을 타고 내려왔다. 그곳에도 강아지는 없었다. 나는 땅에 닿자마자 형에게 말했다.

"경찰서라도 끌려가면 어쩌려고 그런 짓을 해요? 그거 가택침입이라고요. 그리고 중고등학교 내내 그러고 다녔으면서 한 번도 걸린 적이 없다는 게 말이 돼요?"

진영 형이 침을 꼴깍 삼켰다. 도드라진 목젖이 위에서 아래로 떨어졌다.

"걸린 적이 없다곤 말 안 했다. 당연히 있었지. 왜 없겠냐. 딱 한 번이지만 걸려 본 적 있어. 아까 말한 그 할머니한테."

그 일이 일어난 날은 형이 다니던 고등학교의 개교 기념일이었다. 즉 다른 사람들 대부분은 일하러 나가는 평일이었고 형 혼자만 쉬는 날이었다는 의미다. 당연히 비어 있는 집도 많을 터였다. 좋은 기회를 놓칠 리 없었다. 형은 여느 때처럼 도시 산책을 감행했다.

"여름이어서 그랬나, 골목길에 다닥다닥 붙어 있는

집집마다 현관문들을 열어 놓았더라고. 방충망만 쳐 놨다뿐이지. 얼마든지 들어오라는 양. 나는 지나가는 척하면서 곁눈질로 들여다봤어. 열려 있는 문 안에는 비슷한 굵기의 파마를 한 아줌마나 할머니들이 삼삼오오 모여 있어서 들어갈 엄두도 못 냈지.

그런데 유독 어설프게 닫힌 문 하나가 내 눈에 들어온 거야. 앞코가 뭉툭한 보라색 고무 슬리퍼 한 짝이 문틈에 끼어 있었지.

나도 오랫동안 이 짓을 반복하다 보니 슬슬 감이 남달라지던 차였어. 문틈 아래에서 구겨져 버린 슬리퍼를 발견한 순간 아, 여기구나, 싶었지."

"누군가 집으로 급하게 들어가다가 안 닫은 걸 수도 있잖아요?"

"문을 두드리면서 외쳤지. 계세요? 하고. 안에선 어떤 대답도 없었어."

형은 그 시기에 건성으로만 둘러봐도 이 집은 몇 식구가 살고 있으며 재정 상태는 어느 수준이며, 연령대는 어떻게 퍼져 있는지, 식구 중 병을 앓는 이가 있는지 없는지 가늠하는 경지에 올랐다고 했다.

"마루에 깔려 있는 대나무 돗자리, 그 위에 단정하게 개어 놓은 체크무늬 홑이불이며, 거실 책장에 꽂

혀 있는 추리소설들을 보았을 때는 딱 30대 중후반의
젊은 사람이 혼자 사는 집 같았어. 스티븐 킹 팬이었
는지 그 사람이 쓴 책은 거의 다 가지고 있었어.

그것만 보고 속단하기엔 프로답지 못해서 냉장고
도 좀 관찰해 봤지. 짠지류의 반찬이 과하게 익은 탓
인지 문을 열자마자 군내가 말도 못하더라고. 모나코
과자가 낱개로 네 개, 생수 대신 보리차. 거기까지만
봤을 때는 할매랑 손주랑 같이 사는 데인가 싶었어."

이쯤 되자 나는 지금 여기의 시공간조차 까맣게 잊
어버렸다. 마치 나 자신이 그 시절, 이름 모를 사람 집
에 몰래 틈입한 진영 형이라도 된 듯, 누군가에게 걸
릴까 봐 조마조마해진 마음으로 말했다.

"이제 제발 그만 좀 들여다보고 거기서 나오면 안
돼요?"

내가 질색을 하며 우는소리를 하자 진영 형이 엉뚱
하게 대답했다.

"그러게 말이다. 그때 네 말을 들었어야 했는데 넘
쳐 나는 호기심을 주체하지 못하고 그 방문을 기어코
열고야 말았으니."

그 집에는 방이 두 개였다고 했다. 작은방의 문을
열어 보니 그곳은 70대 할머니도 30대 손주의 방도

아니었다.

"거긴 내 또래 남자애 방이 확실했어. 책상 위에는 컴퓨터가 있었어. 부팅되는 동안 심심풀이로 하는 건지 키보드 옆에는 한 면만 맞춰진 루빅큐브가 굴러다니더라고. 벽에는 유치원 졸업 사진이. 방바닥엔 덩그러니 놓인 어쿠스틱기타가. 아니나 다를까 장롱 문고리에는 품이 큰 교복이 걸려 있었어.

나는 그게 조금 이상하다고 생각했어. 이 시간이면 학교에 가 있어야 할 애의 교복이 왜 여기 걸려 있을까. 더 이상했던 건 그 방에선 아무런 냄새가 나지 않았다는 거야. 내 또래 남자아이라면 땀 냄새라든지 특유의 체취라든지 나기 마련인데 말이야. 그래서 난 그 방을 좀 더 살펴보기로 했어."

진영 형은 책상 서랍 아래 칸에서 수북이 쌓인 노트 뭉텅이들을 발견했다. 맨 위에 있던 스프링 공책 한 권을 꺼내서 펴 보았다. 하루도 빠짐없이 날짜와 날씨, 그날 벌어진 일, 당시 느꼈던 감정이 빼곡하게 적혀 있었다. 그러니까 다시 말하자면 그건 일기장이었다.

형은 초등학생 시절부터 써 온 일기들을 차례대로 읽으며 방의 주인을 온전히 느낄 수 있었다. 2002년

2월 7일에는 들끓는 성욕에 대해 고민하는 이야기. 3월 15일에는 자신을 낳고 도망가 버린 부모를 저주하는 욕. 소년의 감정들은 걸러지지 않고 적나라하게 드러났다. 누군가 볼 거라곤 예상도 안 했던 것처럼 모든 일들이 솔직하게 기록되어 있었다.

하지만 마냥 분노만 담겨 있는 것도 아니었다. 소년에게는 아주 소소한 날들도 존재했다. 맛있는 분식집에서 친구에게 떡볶이를 얻어먹으며 행복해하던 기억이나 칠판 앞에 나가 수학 문제를 풀지 못해 귀가 붉어진 순간 같은 것. 맨 아랫줄에는 항상 그날의 감정들을 표현하는 음표들을 그려 놓았다. 형은 방에 있던 어쿠스틱기타로 그 음표들을 연주해 보았다. 행복한 날의 음표에는 통통 튀는 멜로디가, 우울한 날의 음표에는 가라앉은 멜로디가 떠다녔다. 그리고 꼬박꼬박 기록해 놓던 소년의 성실한 음표 기록은 2009년 6월 11일을 기점으로 끊겼다.

진영 형은 비로소 멈춰 버린 일기가 무엇을 의미하는지 알았다. 왜 이 방에서는 유독 주인 냄새가 나지 않는지, 사람도 없는 평일 오후에 어째서 교복만 덩그러니 걸려 있는지 한꺼번에 이해가 되었다.

형은 어찌할 바를 몰랐다. 네 평도 안 되는 좁은 방

을 이리저리 서성였다. 그동안 숱하게 이 집 저 집 다녀 봤어도 이 세상 사람이 아닌 자의 물건을 만져본 건 그때가 처음이었다.

그는 당혹스러웠다. 얼른 집으로 돌아가고 싶었다. 형은 일기장을 본래 있던 자리에 집어넣고 재빨리 방을 나섰다. 허겁지겁 운동화를 구겨 신고 밖으로 뛰쳐나가는 순간이었다. 한 할머니랑 정면으로 마주쳤다. 할머니는 진영 형을 보자마자 손을 움켜잡았다.

"현우니?"

"아뇨, 저 현우 아닌데요."

진영 형은 주눅 든 목소리로 부인했다. 그러나 할머니는 손주로 착각한 듯했다. 주름이 자글자글한 두 손으로 열여덟 진영 형의 젖살 오른 볼을 몇 번이고 쓰다듬었다. 내 새끼, 내 강아지……. 손주에게 부를 수 있는 온갖 수식 어구를 갖다 붙였다. 형은 할머니에게 강제로 이끌려 다시 안으로 들어왔다. 할머니가 형 앞에 밥상을 폈다.

진영 형은 안절부절못하며 앉아 있을 뿐이었다. 몰래 도망가고자 시도했지만 등이 굽은 할머니가 가스레인지 앞에서 오리고기도 튀기고, 만두도 찌고, 빈대떡까지 부쳤다. 할머니의 뒷모습을 보고 있자니 차마 도망갈 수 없었다. 형은 때마침 출출하기도 했고 기왕 이렇게 된 거 할머니의 손주 역할을 해 보자고 결심했다.

형은 낯선 할머니가 차려 준 음식들을 먹어 치웠다. 그때의 맛이 혀 속에서 맴돌았는지 입맛을 다시며 말을 이었다.

"할매 손으로 음식을 만들면 왠지 맛있을 것 같잖아. 그거 다 선입견이라니까? 그렇게 맛없는 요리는 처음 먹어 봤어. 현우란 애 일기장에도 쓰여 있었어. 할머니 요리 별로라고.

더 난감했던 건 내가 꾸역꾸역 힘들게 그릇을 비우면 할머니는 더 먹으라며 한 그릇씩 또 가지고 오는 거야. 계속 먹이고 싶었겠지. 죽은 손주가 살아 돌아온 거잖아.

나는 철근도 씹어 먹을 수 있는 나이였지만 음식의 양도 많은 데다 맛도 없지, 내 위장은 한계치에 다다랐어. 나는 할머니의 관심을 다른 데로 쏟게 하려고 잔머리를 굴렸지."

그때 진영 형이 떠올린 건 현우가 할머니에 관해 쓴 일기였다.

할머니는 노래를 듣는 것도, 부르는 것도 좋아한다. 나는 할머니를 닮은 건지도 모르겠다. 우리 할머니는 다른 할머니들과는 조금 다르다. 일일 연속극을 안 보고 소설을 즐겨 읽는다. 「전국노래자랑」과 「가요무대」보다 「배철수의 음악캠프」와 「콘서트 7080」을 훨씬 더 좋아하는 것도 그렇다. 어쩌면 그냥 배철수 아저씨를 좋아하는지도.

진영 형이 맛있게 먹어 주는 것 외에 할머니에게 해 줄 수 있는 일은 이거라고 생각했다. 형은 밥을 먹다 말고 젓가락으로 밥상을 두드렸다. 쿵짝쿵쿵짝. 나무 울리는 둔탁한 소리로 엇박자를 만들어 냈다. 그러고는 음식을 먹은 것처럼 속이기 위해 왕만두를 소맷자락에 숨겼다. 이장희의 「그건 너」를 낭랑한 목소리로 부르는 동안에는 오리고기 두 점을 주머니에 집어넣었다.

"남은 음식은 순식간에 없어졌고, 할머니는 감쪽같이 속았어. 내가 노랠 부르니까 어찌나 좋아하던지. 현우는 이장희랑 똑같이 부르는구나. 칭찬도 해 주셨어. 나는 좀 우쭐했지. 눈치를 보아하니 한 곡만 부르고 끝내면 안 될 것 같았어. 틈이 생기면 또 먹을 걸 가져다줄 게 분명했거든. 그 애가 중학교 여름방

학 때 썼던 일기가 마저 생각났어."

오늘은 할머니의 생신이어서 일찍 일어났다. 3분 인스턴트였지만 미역국을 만들었다. 용돈을 모아서 산 케이크에 초도 꽂아 드렸다. 할머니가 한 개만 꽂으라고 했다. 생일 축하 노래 대신 할머니가 즐겨 듣는 노래인 「기대어 잠든 아이처럼」을 불러 드렸다. 정말 창피했다. 그래도 할머니가 기뻐하셨다. 다행이다. 언젠가 어른이 되면 내가 만든 노래를 제대로 불러 드리고 싶다. 그때까지 건강하세요, 할머니.

진영 형은 다음 곡으로 산울림의 「기대어 잠든 아이처럼」을 선택했다. 이제 더는 빼돌릴 음식도 없었다. 형은 모든 꿍꿍이를 버렸다. 자기가 자기인 것도 잊었다. 형이 끌어모을 수 있는 최대한의 진심을 보여 주었다. 그렇게 할머니를 위해서 산울림 삼형제 중 맏이인 보컬 김창완을 흉내 내었다. 그는 열창했다.

진영 형은 십수 년 전 무더운 여름날처럼 「기대어 잠든 아이처럼」을 흥얼거렸다. 내가 설정해 놓은 플레이 리스트에서도 그 노래가 흘러나왔다. 이번에는 쇠젓가락 대신 형이 분신처럼 손에 쥐고 다니는 드럼스틱으로 벤치를 두드렸다. 8비트의 진동이 내 엉덩이 아래에서 울려 퍼졌다.

마지막 소절까지 부르고 나자 형은 말을 잇지 못했다. 놀이터 뒤편의 편백나무 숲길에서 바스락거리는 소리가 들렸다. 나는 숨을 죽인 채 숲 쪽을 살펴보았다. 복슬복슬한 흰색 털이 풀숲 틈으로 삐져나왔다. 자리에서 몸을 일으켰다. 자세히 보니 강아지가 아닌 고양이었다. 고양이는 한통안 우리를 노려보더니 유유히 반대편으로 걸어갔다. 나는 초조해졌다. 강아지를 계속 찾아봐야 하는데. 진영 형의 얘기도 들어 줘야 하고. 어떻게 해야 할지 모르겠어서 엉덩이만 들썩였다.

그러던 중 우현에게서 연락이 왔다. 나는 안도의 한숨을 내쉬었다.

"강아지 집에 있었대요, 형."

"그래? 다행이네."

옆에 앉은 형의 허벅지가 미세하게 떨렸다. 형이 다시 운을 뗐다.

"음악이란 게 뭘 할 수 있을까? 기껏해야 3분이잖아. 그 딩가딩가거리는 게 뭐라고. 반주도 악기도 아무것도 없이 젓가락 한 쌍에 의지해서 부른 대단치도 않은 그 노래가 할머니에게는 무슨 의미였을까. 그딴 걸 듣고 할머니 눈에선 왜 눈물이 떨어졌을까."

나는 고개를 숙였다. 흘러내린 머리칼로 달아오른 얼굴을 가렸다. 더는 형이 하는 말에 반박하고 싶지 않았다. 섣불리 위로하고 싶은 마음은 더더욱 들지 않았다. 형도 그런 반응을 원하진 않을 것이다. 그저 형이 하는 말을 귀 기울여 들으면서 생각했다.

나는 더 1975의 내한 공연을 본 후 프론트맨인 매튜 힐리가 멋있어서 밴드 음악을 시작한 게 다였다. 저런 화려한 무대 위에서 폼을 잡고 싶었다. 폭발하는 가창력을 선보이고 싶었다. 팬들의 환호를 받고 싶었다. 그 후로 추종하는 밴드의 범위를 넓혀 갔다. 버나드 섬너처럼 노래를 불렀다. 올리 알렉산더 같은 무대 매너를 익혔다. 막달레나 베이가 내세우는 음악이 최신 경향이라고 판단했다. 우리 역시 그러한 스타일의 음악을 좇았다. 언젠가는 들개들도 유행을 선도하는 밴드가 되길. 여기서 하루빨리 그들처럼 인정받기를 고대했다. 그건 내 나름대로 이제껏 음악을 사랑해 온 방식이었다. 나의 뒤숭숭해진 마음을 헤아려 주지 못한 채 형은 계속 말했다.

"할머니는 한바탕 눈물을 쏟고 나니까 정신이 돌아온 듯했어. 내가 현우가 아니라는 사실도 알아차렸어. 미안해, 학생, 하고 이성적으로 말씀하시더라고."

3분짜리 노래가 끝나고 할머니가 그 말을 내뱉은 순간 10센티미터쯤 붕 떠 있던 형의 세계는 다시 중력의 방향으로 돌아왔다. 진영 형은 원래의 진영 형으로, 할머니도 손주를 잃은 독거노인의 표정으로.

피부에 달라붙은 만두와 오리고기 때문에 온통 기름투성이가 되어 버린 진영 형의 셔츠만이 방금 전까지의 마법 같던 순간을 증명해 주었다. 이제 공연은 끝났다. 자리를 털고 일어나려는데 할머니가 손주의 방에 들어가 어쿠스틱기타와 일기장을 가져왔다. 그러고는 형에게 건네주었다. 그는 손사래를 쳤다.

"아니요. 저는 정말 괜찮아요."

"열심히 해서 유명한 가수 되면 여기 적힌 노래도 만들어 줘. 그래서 주고 싶은 거야."

진영 형은 할머니가 쥐여 주는 악기와 일기를 못 이기고 받았다. 형은 그때 받은 기타로 지금도 노래를 만든다. 일기 속의 멜로디를 몇 번이고 혼합하고 변주하면서.

나는 형이 왜 포크 음악을 하고 싶어 하는지 아직도 잘 모르겠다. 아니, 조금 알 것 같기도 하다. 사람은 대화를 하면서 살아야 한다. 우리의 정신적 버팀목이자 리더인 진영 형이 포크 음악 한번 해 보고 싶다는데 못 할 것도 없다. 형이 말했다.

"여기 오기 전까진 나도 사이키델릭 입힐 생각을 했어. 포크는 정말 유명해지면 그때 가서 해야지. 일단 내가 만든 곡부터 끝내주게 좋아야 하지 않겠어? 그렇게 한 개라도 터뜨려야 내가 하고 싶은 음악 다 하며 살 수 있지.

할머니도 그랬잖아. 유명한 가수가 되면 현우가 지어 놓은 그 멜로디들로 노래를 만들어 달라고. 그래야 할머니가 들을 수 있을 테니까.

근데 오늘 파주행 버스 안에서 기사 아저씨가 라디오를 듣더라고. 하필이면 거기서 산울림의 「기대어 잠든 아이처럼」이 나오는 건 또 뭐야.

드럼스틱을 쥐고 있던 손에서 땀이 났어. 나는 아직 유명한 가수도 뭣도 아니잖아. 알량한 가수나마 되어 보려고 노력했던 사이 시간은 너무 많이 흘렀고. 이제는 내가 대체 뭘 하려고 했던 건지 오리무중이 되어 버렸고. 그 할머니는 여전히 살아 계신지 알 수도 없는데."

맥 더마르코를 끝으로 내가 가진 재생목록은 끝이

났다. 진영 형에게 또 다른 포크 노래 추천을 받는 사이 먼 동쪽에서부터 하늘은 서서히 감청빛으로 물들었다. 산마루에 걸린 달은 그 빛이 점점 희박해져 갔다.

우리가 벤치에서 몸을 일으킬 때였다. 단정하게 구획된 타운하우스의 산책로 사이로 들개 무리가 지나갔다. 나의 착각일지도 모르겠지만 들개의 번뜩이는 눈과 마주친 것 같았다. 나는 형의 어깨를 건드리며 말했다.

"방금 봤어요?"

형은 고개를 끄덕였다. 우현에게서 분명 강아지를 찾았다는 얘기를 들었다. 하지만 아무리 생각해도 방금 지나간 들개 무리 속 하얗고 작은 개는 우리가 잃어버린 강아지와 무척 닮아 있었다. 미세한 입자의 박무가 우리의 얼굴을 적셨다.

다음 챕터

1

나는 도서관에 산다.

열심히 공부하느라 도서관에 산다는 관용적 표현이 아닌 문자 그대로 그곳에서 먹고 자고 생활한다는 의미이다.

도서관은 오전 7시에 문을 열지만 그때는 칸막이 책상이 있는 학습 열람실만 이용할 수 있다. 내가 주로 머무는 문헌 정보실과 전자 정보실은 9시부터 개방한다. 그래서 7시부터 9시까지 두 시간 동안은 몸을 씻고 커피를 마시고 학습실 좌석에 앉아 대기를 한다.

씻을 때 필요한 물건들을 꺼내기 위해 사물함으로 향한다. 사물함은 매달 마지막 주 금요일에 선착순 분양을 받는다. 이용자들에게 할당된 사물함은 총 70개. 사물함을 차지하려는 사람은 언제나 70명 이상. 나는 71번째가 되지 않으려고 매달 마지막 주 금요일 새벽 6시에 줄을 선다. 굳게 닫힌 도서관 문 앞에서 오래 기다리는 것만큼은 자신 있다. 남아도는 건 시간뿐이니까. 물론 한파주의보나 폭염경보가 발령된 날은 체력적으로 조금 힘들다.

비밀번호를 눌러 자물쇠를 푼다. 사물함을 열고 안을 들여다본다. 컵라면과 햇반 같은 비상식량 몇 가지. 그리고 무채색 계열의 옷들이 돌돌 말려 있다. 후드티. 맨투맨티. 셔츠. 바지. 속옷과 양말. 짐을 줄이기 위해 브래지어는 착용하지 않는다. 지금 입고 있는 옷에 코를 박고 냄새를 맡는다. 악취는 나지 않지만 이틀 내리 입었기 때문에 면이 구겨지고 무릎과 목 주변이 늘어났다. 갈아입을지 말지 고민된다. 어중간한 옷 상태가 요즘의 내 삶과 비슷하다.

빨래는 일주일에 한 번 코인 세탁실에 가서 한다. 빨래방은 24시간 연중무휴다. 빨래를 돌리며 밤을 나기에 이만한 장소도 없다. 옷들은 내가 상주하는 또 다른 도서관에도 분산하여 보관 중이다. 이 도서관은 매주 월요일이 정기 휴관일이기 때문에 월요일에는 휴관하지 않는 다른 도서관에서 지내야 한다.

옷은 냄새가 나지 않아도 갈아입기로 한다. 이런 생활을 할수록 깔끔하게 지내야 한다. 사물함에서 세면도구와 옷과 속옷을 꺼내 화장실로 간다. 화장실 안에 사람이 있으면 양치부터 시작하고 없으면 서둘러 머리부터 감는다. 오늘은 아무도 없다. 안심하고 머리에 물을 묻힌다. 물비누를 짠다. 손을 씻는 용도로 비치된 것이겠지만 나는 이걸로 머리도 감고 몸도 씻고 다 한다. 그런데 거품이 나오지 않는다. 관리인이 제때 채워 넣지 않은 모양이다. 세면대 아래를 살핀다. 대용량 플라스틱 통에 물비누 원액이 들어 있다. 디스펜서에 액체를 담는다. 다시 펌프를 누르니 거품이 잘 나온다.

머리를 감으면서 얼굴과 목과 귀 뒤까지 구석구석 비누칠을 한다. 체취를 풍겨서는 안 된다. 물로 헹구면서 밤새 축적된 가래와 콧물도 뱉는다. 다 씻으면 휴지로 얼굴의 물기를 제거한다. 머리카락은 손 건조기로 말린다. 머리는 원래 어깨를 덮는 중단발 길이였지만 이런 생활을 결심하고부터는 스포츠 스타일로 짧게 쳤다. 머리를 감고 말리는 게 번거롭기 때문이다. 물이 뚝뚝 떨어지지 않을 정도로만 대충 말리는 건 단 1분으로 충분하다. 양말을 벗고 세면대에서 발을 마저 닦는다. 그런 다음 양치를 한다. 어금니 안쪽과 혓바닥 깊숙이 칫솔질을 할 때 누군가가 들어온다. 타이밍이 좋았다.

다른 사람이 양변기 칸에 들어가 볼일을 보는 동안 나는 휴지에 물과 비누를 적당량 섞어 묻힌다. 그러고는 벽과 면해 있는 끝 칸막이로 들어간다. 옷을 벗고 사타구니와 겨드랑이를 꼼꼼하게 닦는다. 새 옷으로 갈아입는다. 나는 이 모든 행위를 10분 내에 해결한다.

씻은 뒤에는 사물함을 정리한다. 텀블러에는 온수를 담고 종이컵에는 믹스커피를 탄다. 믹스커피가 아침 식사다. 양손에 물건들을 든 터라 열람실 문은 몸으로 민다. 칸막이 좌석에서 공부 중인 사람이 한 명 보인다. 나는 발소리를 내지 않으려고 조심히 걷는다. 창가 자리에 앉아 짐을 내려놓는다. 짐이라고 해 봐야 별것 없다. 텀블러와 커피가 든 종이컵, 어제 빌린 책 한 권과 수첩, 삼색 볼펜이 전부다. 뇌를 깨우는 달달한 커피를 한 모금 마시며 밖에 있는 나무들을 쳐다본다. 이곳에 처음 터를 잡을 무렵에는 가지만 앙상했는데 어느덧 꽃도 전부 지고 녹음이 우거졌다. 요즘은 눈앞에 우뚝 선 나무를 보며 계절의 변화와 시간의 흐름을 의식한다. 예전에는 책상 위의 달력으로만 자각했던 것들을. 가로수 그늘 아래로 백팩을 짊어진 교복 차림의 학생들이 거듭 지나간다. 등교 시간인 것이다.

수첩을 펼치고 간단하게 끄적거린다. 집에 들어가지 않은 지 오늘로 98일. 날이 많이 따뜻해졌다. 옷이 조금 덥게 느껴져서 지우에게 얇은 옷 좀 가져다 달라고 부탁했다. 읽고 있는 책은 옥타비아 버틀러의 『쇼리』. 어제 자기 전에 본 영화는 구로사와 아키라의 「이키루」. 감상 같은 건 쓰지 않는다. 그런 걸 쓰기 시작하면 계속 써야 한다는 의무감이 생기고, 의무감이 생기면 재미로 시작한 것도 일이 되어 버린다.

아침 8시가 되면 열람실의 좌석이 하나둘 채워진다. 이 시간에 도착하는 친구들은 항상 같은 자리에 앉는다. 이제는 전부 익숙해진 얼굴들이라 마음속에서만 친밀감이 쌓였다. 보건직 공무원 수험생 한 명, 경찰 시험 준비생 한 명, 중등 영어 교사 임용시험 한 명. 어떻게 아냐면 들고 오는 책에 다 쓰여 있다. 내 옆자리에 와서 앉는 친구는 공인회계사 시험을 준비한다. 그 친구는 내 옆으로 상법과 재무회계 같은 두꺼운 기본서와 기출문제집으로 담을 쌓는다. 그러고는 스톱워치를 켠다. 메모지에는 오늘 목표치의 공부분량을 길게 적는다. 계산기도 제대로 작동하는지 두드려 본다. 본격적으로 공부를 시작하기 전, 아직 물기가 가시지 않은 긴 머리를 뒤로 질끈 묶으며 옆에 앉은 나를 곁눈질한다.

쓰다 만 노트를 덮고 어제 빌린 옥타비아 버틀러의 책을 편다. 모두가 장밋빛 미래를 꿈꾸며 시험공부를 하는 화창한 초여름 아침, 나는 핏빛 향연 뱀파이어 소설을 읽는다. 그동안 정말 많은 책을 읽었다. 살면서 읽어 온 책들보다 여기서 읽은 게 훨씬 많다. 스티븐 킹과 조이스 캐럴 오츠는 국내에 번역된 웬만한 저서를 다 읽었고 마거릿 애트우드와 로알드 달은 절반 정도 읽었다. 도서관에서 지내는 동안 843번대 책을 전부 읽는 것이 현재의 유일한 목표다.

2

그날은 아침에 일어나는 게 유난히 힘들어서 사무실에 20분 지각했다. 점심시간 전까지 그 여자의 한

숨 소리를 17회 들었다. 여자가 마우스를 거칠게 딸각거렸다. 신경 쓰고 싶지 않아서 이어폰을 귀에 꽂았다. 그러자 여자가 내선 전화를 끊을 때 수화기를 쿵쿵 두 번 내려쳤다. 소리보다는 책상을 통해 전해지는 진동에 놀라 쳐다보자 손가락으로 본인 귀를 툭툭 건드렸다. 나는 이어폰을 뺐다. 전날 지하철이 끊길 때까지 사무실에 있었고 택시를 타고 새벽 2시에 들어갔는데도 아침에 20분 늦었다고 내게 신경질을 내고 있었다. 여자는 고용주도 아니고 나랑 똑같이 월급 받는 사람인데 왜 저렇게까지 할까. 나는 회사가 퇴근 시간 안 지켜 줘도 서랍 쾅쾅 안 닫고 분노의 키보드질도 하지 않는데.

솔직히 별거 없는 날이었다. 어차피 앞에 앉은 사람의 신경질 부리는 소리는 내가 무슨 행동을 하든 안 하든 매일 듣는 것이었고, 그래도 오늘은 나 들으라고 혼잣말로 시팔좆팔 욕을 하지도 않았고, 탕비실로 불려가지도 않았으니까. 그것 때문에 화장실에 똥 싸러 가는 척하며 양변기에 앉아 울지도 않았으니까. 도리어 무난한 날이라고 할 수 있겠다. 나는 오전 근무시간 내내 기관에 보낼 공문 같은 것을 작성했다. 다음 주 토요일에는 사무실이 이전을 하니까 팀별로 슬슬 짐을 정리하라고 했다. 그리고 포장이사 안 불렀으니까 그 주 토요일에 꼭 나오라고 했다.

점심시간에는 불향이 나는 쭈꾸미돌솥덮밥을 먹었다. 앞에 앉은 사람은 음식이 나오자마자 10분 만에 다 먹어 치워서 나도 10분만 먹어야 했고 절반을 남겼다.

식당 앞 카페에서 뜨거운 아메리카노를 포장한 뒤 사무실로 돌아가는 길이었다. 태양이 직선으로 내리쬐었지만 조금도 따듯하지 않았다. 스산한 바람이 불어와 머리를 헝클어뜨렸다. 목도리를 두르고 외투를 여몄다. 왼손으로 차양을 만들고 주변을 둘러봤다. 12시에서 1시 사이. 거리에는 슬리퍼를 끌며 점심 먹으러 나온 직장인들이 가득했다. 식당도 카페도 편의점도 마찬가지였다. 어떤 기업의 빌딩 앞에는 태극기를 비롯한 세 개의 정체 모를 깃발이 펄럭였다. 비둘기들은 아무것도 없는 아스팔트 바닥을 부리로 쪼았다. 의미 없고 습관적인 행동이었다. 공영 주차장 앞에서 주차권을 끊는 차들도 더러 봤다. 어떤 여자는 혼자 야외 벤치에 가만히 앉아 그 시간을 버티고 있었다. 샌드위치를 꾸역꾸역 씹으면서. 공기 중에서는 비릿한 생선찌개 냄새가 났다. 그런 풍경이 다였는데도.

나는 발걸음을 멈췄다. 그때 나는 슬펐나. 잘 모르겠다. 그때 나는 죽고 싶었나. 잘 모르겠다. 그냥 사무실 이삿짐 운반하기 싫다는 마음만 계속 들었다. 내가 그걸 왜 해야 하는지 모르겠다. 내 집 쓰레기도 못 버리고 있는 마당에. 이 회사는 이전을 너무 자주 했다. 재작년 겨울, 하루 종일 사무실과 엘리베이터를 오가며 책상을 나르다 일주일 내내 몸살을 앓은 기억이 떠올랐다.

몸 어딘가가 간지러워서 긁고 싶은 마음도 들었다. 그러나 정확히 어느 부분이 간지러운지는 몰랐다. 머플러 울이 뒷목을 간지럽게 하는 것도 같았고, 늦겨울의 찬바람이 허벅지를 간질이는 것 같기도 했다.

내가 멈칫하고 서 있자 같이 걷던 동료가 뒤돌아봤다. 마침 은행 건물이 들어왔다. 나는 은행에 잠깐 들러야겠다고 거짓말을 했다. 앞문으로 은행에 들어갔다가 옆문으로 다시 은행을 빠져나왔다. 그러고는 무작정 인도를 걸었다. 목도리 안으로 손을 집어넣어 간지러운 부분을 긁었다. 붉은 두드러기가 올라올 정도로 오래도록 목을 긁으면서 계속 걸었다. 마포구를 지났고, 한강 다리를 건넜다. 영등포구에 들어서자 전화가 울렸다. 회사 사람이었다. 나는 핸드폰을 껐다. 맞은편 골목에 도서관이 보였다. 문 앞에는 어느 SF 소설가의 강연을 알리는 큼지막한 현수막이 걸려 있었다. 현실에서 벗어나 현실을 마주하기. 저게 무슨 소리일까. 시계를 봤다. 강연 시간까지는 세 시간이 남았다. 나는 신호등을 기다렸다. 금방 녹색불이 켜졌다. 신호등이 내는 알람 소리를 들으며 횡단보도를 건넜다.

그날 나는 강연을 들으며 모처럼 깊은 잠을 잤다.

그때부터 계속 여기 있게 되었다.

3

나의 점심시간은 다른 사람들보다 한 시간 느리다. 이제 12시에서 1시 사이에는 점심 식사와 관련된 행동을 하고 싶지 않다. 밥을 먹고 싶지도 않고, 카페에서 커피를 마시기도 싫고, 화장실에서 멍하니 거울 보며 양치하기도 싫다. 그 시간에는 산책조차 안 한다. 식당에서, 카페에서, 공원에서. 그 사람들이 하는 말을 듣고 있으면 언제나 식은땀이 난다. 분명 모르는 사람들인데도 아는 사람들인 것 같아서 불안해진다.

이 도서관은 식당이 따로 없다. 대신 집에서 가져온 도시락이나 편의점 음식 같은 간단한 식사를 할 수 있는 휴게실이 마련되어 있다. 휴게실에는 테이블이 여섯 개밖에 없다. 이곳에는 직장인들이 별로 없고 직장인 지망생들만 있지만 그래도 나는 2시에 밥을 먹는다. 남들과 똑같은 시간에 밥을 먹으면 사람들이 몰려와서 테이블을 쓰기가 불편하다. 운이 나쁘면 모르는 사람과 머리를 맞대고 밥을 먹어야 하는 경우도 생긴다. 밥을 먹고 있는데 누군가가 들어오면 마음이 조급해진다. 음식을 잘 씹지 않고 빨리 삼키게 된다. 그러면 여지없이 체한다.

지우가 챙겨 준 치아바타 샌드위치를 먹는다. 지난밤 반 조각을 먹고도 양이 많아서 남긴 걸 그대로 포장해 온 것이다. 빵에서 쉰내가 조금 났지만 상관없다. 배를 채우려고 먹지 맛 때문에 먹는 게 아니니까. 지우는 유통기한이 다해 팔 수 없거나 주문이 잘못 들어가 곤란해진 음식들을 내게 준다. 어떤 날은 케이크, 어떤 날은 크루아상. 매일 주는 건 아니다. 나도 사 먹을 수는 있지만 이런 걸 받으면 한 끼 밥값이 굳기 때문에 거절하지 않는다.

도서관에서 사는 것도 마찬가지다. 돈이 별로 들지 않는다. 여러 장소를 물색해 봤지만 여기만 한 데가 없다. 공항이나 기차역은 무서운 사람들도 많고 의자에 가만히 앉아 있는 것밖에는 할 게 없어서 심심하다. 놀이동산과 공원은 심심할 것 같지는 않지만 날씨에 따라 변수가 생긴다. 다른 공공기관에 눌러붙어 있으면 공무원들이 수상하게 쳐다본다. 도서관이 무엇보다 편한 건 사람들이 의심하지 않는다는 점이다. 매일같이 똑같은 자리에 앉아 책만 읽고 있어도 책 읽으러 온 백수구나, 정도로 여긴다. 물론 고약한 냄새 안 풍기고 혼잣말 안 하고 깔끔하게 하고 다닌다는 전제하에.

빵이 퍽퍽해서 잘 넘어가지 않는다. 자판기에서 음료수를 뽑아 마신다. 밥을 먹으면서도 책을 계속 넘긴다. 책을 읽다 보면 가끔씩 힘겹게 직장 생활하는 주인공이 등장한다. 직장에서 왕따를 당하거나, 상사나 동료 때문에 곤란해진다거나, 갈등이 생긴다거나, 해도 해도 끝이 없는 일 때문에 어딘가에 갇힌 채 상징적으로 괴로워하거나. 아무튼 회사를 떠올리게끔 하는 내용이 나온다. 그럴 때면 책을 덮고 핸드폰 갤러리를 연다. 마음을 정화하는 용도로 보려고 저장해 둔 아름다운 사진들을 감상한다. 에메랄드빛을 띤 호수 위에 위풍당당하게 서 있는 나무 한 그루. 현미경으로 확대하여 마치 보석처럼 보이는 바닷가의 모래.

로코코풍으로 꾸며진 화려한 귀족의 방 같은.

그런 걸 물끄러미 바라보다가 예전에 주고받은 메시지 창을 연다. 매번 열지 않겠다고 다짐해도 기어이 열어 버리고 만다.

나는 메시지를 자주 삭제하는 습관이 있지만 이 사람 메시지는 왜인지 지우고 싶지 않았다.

—어디야.

—지금 화장실입니다.

—얘기도 안 하고 가니.

—자리에 안 계셔서요.

—자리에 없으면 쪽지나 메시지라도 보내 놓고 가.

그때 곧바로 화장실 간다고 쪽지나 메시지를 보내라고요? 저항하는 답장을 보냈어야 했는데.

—네, 죄송합니다.

이렇게 보냈다. 바보같이. 그 후 나는 회사에 출근하면 '오늘 할 일' 메모지에 '화장실=메시지'부터 적었다. 그 여자 때문에 울고 싶어져서 화장실에 갈 때마다 그 여자에게 화장실에 간다고 메시지를 보냈다. 물론 이런 메시지들은 회사 업무 단체방이 아닌 개인적으로 주고받은 문자들이다. 업무 단체방은 바로 나갔고 사람들 번호도 다 차단했다. 메시지 창은 그 후

부터 저 잠시 화장실 다녀오겠습니다, ㅇㅇ, 또는 어,
가 반복된다. 그리고 3개월이 흐른다.

　―끝까지 그딴 식으로 나간 거 사과 안 하네?

　나는 요즘에도 저 메시지들을 복기하면서 혼잣말
로 중얼거린다. 네네, 죄송합니다. 이게 다 책임감이
부족한 제 잘못입니다. 더는 밥을 먹지 못할 것 같다.
남은 샌드위치는 쓰레기통에 버린다. 볕이 좋은 날이
라 도서관 주변을 걷는다. 걷다 보면 집까지 갈 때도
있다. 오늘처럼 안 좋은 생각이 자꾸 드는 날이면 햇
볕을 평소보다 더 많이 쬐려고 노력한다.

　나는 매번 집 앞까지 갔다가 안으로 들어가지 못
하고 단지 서성이며 지켜본다.

　집은 제자리에 변함없이 있다. 도둑이 든 흔적도
없고 사람이 잠수를 탄 집처럼 보이지도 않는다. 황량
하지도 저주받지도 않은 그냥 집이다. 아무렇지도 않
아 보이는 집을 보고 있으면 금방이라도 회사 다니고
제 앞가림 하며 살아가고 있는 또 다른 내가 문을 열
고 나타날 것만 같다. 그게 무서워서 발길을 돌린다.

4

　느적느적 집 앞을 배회하다가 도서관으로 돌아오

246

면 시간은 어느덧 오후 3시다. 이때쯤 되면 어김없이 눈꺼풀이 무거워진다. 졸음이 밀려온다. 디지털 열람실로 향한다. DVD 목록을 일별한다. 「쥘 앤 짐」이나 「언어와의 작별」 같은 프랑스 누벨바그 영화를 틀어 놓고 자면 언제나 숙면에 성공한다. 단점이라면 상영 시간이 조금 짧다는 것. 오늘은 숙면보다 오래 자는 쪽을 선택하고 싶다. 그럴 때는 「반지의 제왕: 왕의 귀환」 확장판을 고른다. 상영시간은 네 시간 23분. 내가 알기로 이 도서관에서 가장 오랜 시간 잘 수 있는 영화다. 「해피아워」라는 영화는 다섯 시간 28분이라고 하는데 이 도서관에는 아직 그 영화가 들어오지 않아서 아쉽다.

직원에게 신청한 DVD 「반지의 제왕: 왕의 귀환」을 건네받는다. 나는 커튼을 젖히고 칸막이 감상실의 가장 구석진 자리로 들어간다. 감상실 안에는 리클라이너 의자가 있다. 다리를 뻗고 편히 영화를 감상하라고 구비해 둔 것이겠지만 내게는 침대나 마찬가지다. 나는 신발을 벗고 의자 위로 올라간다. 잠에 들기 편한 자세를 취하는 사이 영화가 재생된다. 볼륨을 0으로 조절하고 헤드폰을 착용한다. 오프닝 시퀀스가 끝나기도 전에 곯아떨어진다. 나는 꿈도 꾸지 않고 푹 잔다. 집에서 잘 때보다 훨씬 잘 잔다. 앞으로 어떻게 살아야 하는가에 대한 걱정이나 근심조차 생기지 않는다. 이상하고 신기하다. 이렇게 살아도 살아진다는 점이. 그것도 꽤 잘 살아진다는 점이.

잠에서 깨면 3층 문화 강좌실에서 진행하는 '몸속의 노폐물을 배출하는 림프 마사지' 수업을 듣는다. 아로마테라피스트를 겸하고 있다는 강사는 얼굴에 지나가는 혈자리를 하나씩 짚어 주며 혼자서 마사지하는 법을 알려 준다. 아로마테라피스트 겸 도서관 문화 강사가 말한다. 림프관은 쉽게 말해서 우리 몸속 혈액이 순환하는 빨대 같은 겁니다. 그런데 빨대가 막히면 어떻게 될까요? 누군가 대답한다. 부종이 생겨요. 강사가 웃으며 다시 말한다. 맞아요. 피가 제대로 순환을 못 하면 독소가 쌓이겠죠. 독소가 쌓여서 만성염증을 일으킬 수도 있는 겁니다.

나는 강사가 하라는 대로 검지와 중지 두 손가락으로 귀밑샘을 가볍게 돌리듯 누른다. 손가락에 힘을 준 상태 그대로 목선을 타고 쇄골 가운데까지 쓸어내린다. 턱의 혈자리, 인중의 혈자리, 광대의 혈자리, 이마의 혈자리에서도 같은 동작을 5회씩 반복한다. 예전엔 화장 지울 힘도 없어서 그대로 자곤 했는데. 지금은 하루에 20분씩 내 피부의 결을 따라 눈, 코, 입, 볼을 정성 들여 만지는 이 시간이 좋다. 적어도 나만큼은 나를 소중하게 대해 주고 있구나, 그런 기분이 든다.

강의실 출입구 앞에서는 아로마테라피스트가 만든 천연 아로마 오일을 판매한다. 오일을 얼굴과 목에 바르고 림프 마사지를 하면 몸과 정신이 이완된다고 한다. 호호바 오일, 동백 오일, 티트리 오일······ 나는 강의실을 드나들 때마다 그것을 살지 말지 고민한다. 아직은 사지 않았지만 언젠간 살 것 같기도 하다.

아로마 오일을 사고 싶다고 생각하면서 폐관 시간까지 책을 읽는다. 저녁도 먹지 않는다. 먹고 싶은 마음조차 없어서 1일 1식만 겨우 한다.

오늘 고른 책은 너무 지루하다. 세 번째 챕터까지 읽고 나서 한숨을 좀 쉰다. 페이지를 한 장 넘기자 여백의 종이에 소제목 하나만 달랑 쓰여 있다. 나는 다음 챕터로 넘어가기 전 비어 있는 흰 종이를 가만히 바라본다. 나는 여기 어디쯤에 끼어 있는 건지도 모르겠다.

이면지를 한 장 가져온다. 이면지 아래쪽에 '다음 챕터로 넘어가야만 하는 이유'라고 적어 본다. 1이라는 숫자를 적고 오랫동안 고민한다. 펜대를 굴리기도 하고 턱을 괴기도 하면서.

1. 다음에 생각하자.

더는 이뤄야 할 꿈도 목표도 생기지 않는다. 언제까지 이렇게 살아야 하나,라는 마음도 들지만 그렇다고 이렇게 안 살면 또 어떻게 살아야 하는지도 모르겠다. 이전의 생활로 돌아가고 싶지도 않고 지금 바로 그래야만 하는 이유도 없고. 챕터와 챕터 사이의 종이 여백처럼 당분간은 그런 상태로 지내고 싶다.

밤 9시 50분. 도서관 마감을 알리는 시그널 음악이 스피커를 통해서 울려 퍼진다. 10시 정각이 되기까지 모두 나가라는 의미이다. 첫 곡으로는 클래식 음악이 흐른다. 어디서 많이 들어 봤지만 제목은 기억나지 않는 그런 종류의 협주곡이다. 이용자들이 가방을 챙기며 나갈 준비를 하자 관내 분위기가 어수선해진다. 나는 클래식 음악이 끝날 때까진 움직이지 않고 책을 마저 읽는다. 두 번째 곡은 국민권익위원회에서 제작한 청렴송이다. 그제야 나는 책을 덮고 짐을 싼다. 사물함이 있는 자율학습 열람실로 가기 위해 계단을 오른다. 사물함 근처에는 수험생들이 옹기종기 모여 있다. 그들은 문제집과 슬리퍼와 독서대 따위를 한데 욱여넣느라 분주하다. 나는 그 틈을 비집고 들어가 사물함을 연다. 그즈음에는 마지막 곡이 나온다. 티브이 예능에서도 자주 패러디되고 광고 음악으로도 삽입되어 아우라가 많이 사라져 버린 어느 영화음악이다.

사물함 안에서 노트북을 꺼낸다. 이제 일을 하러 갈 시간이다. 어쨌든 이런 생활을 한다고 해도 기본적인 돈은 필요하다. 빨래하고, 목욕하고, 밥 먹는 데에는 돈이 든다.

5

나는 노트북만 있으면 일을 할 수 있다. 매주 방영되는 탐사보도 프로그램의 촬영본을 프리뷰할 때도 있고, 어느 요리 연구가의 유튜브 콘텐츠 말 자막을 만들 때도 있다. 목돈을 벌지는 못하지만 애초에 아침 일찍 출근하고 밤늦게 퇴근하며 일했을 때도 목돈이라는 걸 벌어 본 적이 없다. 빨래방 가고, 사우나 하고, 밥 먹는 데 곤란하지 않을 만큼은 버니까 상관없다. 무엇보다 이 일의 가장 좋은 점은 옆에서 모욕하고 괴롭히는 사람이 없다는 것이다.

24시간 카페는 도서관에서 도보로 20분 거리에 있

다. 그곳에서 일도 하고 지우도 만난다. 지우는 이모의 아들, 그러니까 내 사촌 동생이다. 새벽의 카페는 아는 사람과 얼굴을 맞대고 대화할 수 있는 유일한 장소다. 나는 혼잣말하는 사람만은 되고 싶지 않다. 도서관에서 그런 사람들을 많이 봤다.

카페를 향해 걷다 보면 이런저런 생각이 든다. 그중 제일 많은 비중을 차지하는 건 언제나 나를 슬프게 하고, 화나게 하던 것들이다. 나는 언제부터 이렇게 우중충한 울상 인간이 되었을까.

중학생 때 나는 침묵의 여자였지만 시끄럽다고 단체 기합을 자주 받았다. 누구라도 한 명 잡담을 나누면 선생님은 한여름에 교실 선풍기를 껐다. 그런데도 또 누가 떠들면 그 다음에는 창문을 닫았다. 또 떠들면 책상 위에 올라가 무릎을 꿇었다. 손을 들었다. 허벅지를 맞았다. 매주 수업이 시작되고 20분이 지날 무렵 그런 체벌이 이루어졌다. 45분의 수업 시간 중 20분만 진도를 나갔고 25분은 체벌에 썼다. 나는 무릎을 꿇고 손을 들라고 하면 반드시 정자세로 무릎을 꿇고 손을 드는 종류의 사람이었다. 벌을 서던 어느 날 열사병에 걸려 쓰러졌다. 그때부터였을까?

고등학생 때에는 가장 친하다고 생각했던 애가 있

었다. 그 애는 내게 좋아하는 아이돌의 사진을 포토샵으로 만져 달라고 부탁했다. 30장 정도 수정해 주고 나니 50장을 더 줬다. 50장을 수정해 주고 나니 70장을 더 줬다. 이젠 그만하고 싶다고 했다. 그랬더니 사례비로 2만 원을 준다고 했다. 그래도 어렵겠다고 했더니 나더러 쌍년이라고 했다. 그때부터였을까?

대학생 때는 기숙사에 살았는데 책상과 침대와 옷장이 두 개씩, 그리고 화장실이 하나 딸린 2인실이었다. 그곳에 사는 2년 동안 나는 혼자서 화장실 청소하는 사람으로 거듭났다. 대체 나의 어떤 면이 사람들로 하여금 내가 이런 취급을 받아도 되는 인간으로 여기게 만들었을까. 거절을 잘 못 해서? 맺고 끊는 요령이 없어서? 의견을 제때 표현하지 못해서? 말끝을 흐려서? 사람들의 눈을 똑바로 쳐다보지 못해서? 아무리 자책을 해 봐도 모르겠다.

다른 때 같으면 이런 생각이 난다고 해도 일부러 떨쳐 내려 들지는 않지만 지우를 만나러 가기 전에는 웬만하면 생각하지 않으려고 애쓴다. 이런 생각을 하다 보면 눈물이 나고, 눈물을 계속 흘리다 보면, 아무리 닦아 내도 코랑 눈이 빨개지고, 코랑 눈이 빨갛게 된 채로 카페에 가면 지우가 나에게 울었냐고 물어보니까. 생각을 하지 않기 위해 핸드폰으로 노래를 듣는다. 이어폰을 귀에 꽂고 재생목록을 연다. 출근길의 음악은 웅장하고 비장미가 넘쳐야 한다. 스트레이키즈의 「미로(Miroh)」를 한 곡 반복 설정으로 재생한다. 이 노래에는 이런 세상에 뛰어든 건 다 내가 자초한 일이니 괜찮다고, 힘들지 않다고, 아임 오케이, 기합을 넣는 문장이 도합 다섯 번 반복 등장하는데 나는 그때마다 암 낫 오케이로 가사를 바꿔 부른다. 힘들면 당연히 괜찮지 않고, 힘들지 않아도 괜찮지 않을 때가 너무 많다. 암 낫 오케이를 서른 번 정도 흥얼거리며 걷다 보면 무념무상인 채로 카페에 도착하게 된다.

6

지우는 홀 청소를 할 때도 있고, 카운터에서 주문을 받을 때도 있고, 등을 돌린 채 에스프레소를 압착하고 있을 때도 있다. 오늘은 주문을 받고 있다. 내가 계산대 앞에 서자 고개를 두어 번 끄덕이는 걸로 알은체한다. 나는 주문한다.

"바닐라라테요."

"사이즈는 뭐로 하시겠어요?"

"그런데요."

나는 아침과 저녁을 먹지 않으니까 우유가 들어
간 음료를 시킨다. 그래야 밤에 일을 할 때 배가 고프
지 않다. 커피 한 잔으로 밤 11시부터 새벽 6시 30분
까지 버텨야 한다. 눈치가 보일 때도 더러 있지만 그
렇다고 한 잔을 더 시키지는 못한다. 한 시간에 한 모
금씩 마시면 커피는 조금씩 줄어든다. 그리고 어쩌다
한 번씩 지우가 먹을 것과 마실 것 여러 가지를 공짜
로 가져다주기도 한다.

노트북 전원을 켠다. 구글 드라이브 계정에 업로드
된 오늘자 동영상 파일을 내려받는다. 자막 편집 프
로그램을 연다. 영상을 한 개, 두 개, 세 개씩 해치우
고 나면 시간은 훌쩍 간다. 티브이에 자주 나와 낯이
익은 요리 연구가가 영상 속에서 미국 남부 가정식을
요리한다. 들어가는 재료들을 설명한다. 다양한 방식
으로 칼질을 한다. 요리에 첨가할 양념을 섞는다. 우
리고, 졸이고, 볶고, 튀긴다. 남이 하는 말을 받아 적
고 있다 보면 내 암울한 생각들이 사라져서 좋다.

완성된 미국 남부 가정식은 대체로 기름 국물과 치
즈 범벅으로 이루어져 있다. 보고 있기만 해도 속이
니글거린다. 애피타이저와 메인 디시, 사이드 디시 자

막을 모두 끝내고 마지막으로 디저트 만드는 영상만
이 남았다. 같은 자세로 오래 앉아 있었기 때문에 목
과 어깨가 결린다. 기지개를 편다. 목을 돌리며 주변
을 살핀다.

창문 바깥은 서서히 감청빛으로 물들고 있다. 첫
차가 뜨는 무렵인 새벽 5시. 이 시간이 되면 노트북으
로 과제나 작업을 하던 사람들, 태블릿으로 인강을
듣는 학생들은 집으로 돌아가고 거의 없다. 테이블이
휑하다. 피곤에 절어 엎드려 자던 취객들도 많이 빠져
나간다. 별안간 내 노트북 옆으로 빵을 담은 접시 하
나가 나타난다. 반으로 갈라 오븐에 데운 베이글이
다. 건크랜베리가 박힌 베이글 위로 하얀 김이 모락모
락 난다.

"방금 누가 주문만 하고 냅다 가 버렸어."

"그럼 너 먹어."

"나는 아까 밤참을 너무 많이 먹었어. 누나 먹어."

지우는 접시를 내려놓곤 대각선에 위치한 테이블
에 가서 떨어져 앉는다. 저 자리가 CCTV 사각지대
라고 한다. 대놓고 마주 앉지 않는 게 우리만의 룰이
다. 지우도 일반 스태프라 잡담하다가 매니저나 점장
에게 걸리면 난처하다. 지우가 자신이 앉은 의자 옆에

마대 걸레를 비스듬히 세워 둔다. 이 시간이 우리에게 제일 한가한 틈이다. 나는 막간을 이용해 어깨 스트레칭을 한다. 지우는 숙련된 직원이라 설렁설렁 청소를 하면서도 대화가 가능하다. 심지어 입을 벌리지 않고 복화술로 말한다. 그런데도 발음이 또렷하다.

"엄마가 그러지 말고 정 힘들면 우리 집에서 지내도 된대."

나는 고개를 젓는 걸로 대답을 대신한다. 쟤네 집에는 방이 두 개밖에 없다. 내가 가면 이모랑 같이 방을 쓰든가 아니면 지우 방을 내가 차지하고 지우는 거실에서 지내든가 둘 중 하나인데 두 경우 모두 민폐다. 나는 손으로 빵을 잘게 찢어서 크림치즈에 발라 먹는다.

"아니면 방을 빼서 짐만 맡겨 놔도 되고."

"글쎄."

지우가 마른 행주로 테이블 위를 훔친다. 가끔씩 살균 스프레이도 뿌린다.

"관리비 나가는 거 아깝지 않아?"

"아니, 방 빼는 게 더 귀찮아."

나 사무실 이삿짐 옮기기 싫어서 도망친 사람이야. 농담을 던지고 싶다가도 밤새 디저트와 커피를 만들고, 식기를 씻고, 테이블을 닦고, 사람을 상대하며 지친 지우의 얼굴을 마주하니 그 말은 저절로 삼키게 된다.

"그럼 누나는 평소처럼 도서관 가 있어. 엄마하고 내가 치워 줄게."

"그런 게 어딨어."

지우는 얘기하다 말고 갑자기 마대 걸레로 바닥을 민다. 몇 번을 이리저리 오가며 2층 홀 전체를 닦더니 내게도 발 좀 잠깐 들어 달라 한다. 이런 말을 할 때는 친척 동생 같지 않고 그냥 카페 직원 1처럼 느껴진다. 마대 걸레가 내 종아리 밑을 스쳐 지나갈 때마다 지우의 손길에서 희미한 성가심이 느껴진다. 나는 동생의 손목을 붙잡고 걸레질을 멈추게 한다. 그러고는 마대를 빼앗아 그 주변만큼은 내가 닦는다. 바닥을 충분히 밀고 난 후 마대 걸레를 건네며 말한다.

"고맙지만 내가 알아서 할게."

지우는 내 말을 들은 척 만 척 어깨나 한 번 으쓱할 뿐이다. 화장실에 들어가더니 한참을 나오지 않는다. 귀를 기울인다. 수돗물을 틀고, 뭔가를 빨고, 헹구는 소리가 난다. 변기의 물 내려가는 소리도 규칙적으로 들려온다. 화장실을 청소하는 중인가 보다. 오줌이 약간 마렵지만 참기로 한다.

잠시 후 화장실에서 나온 지우가 청소 도구와 종량제봉투를 들고 1층으로 내려간다. 나는 그 틈을 이용해 재빨리 화장실에 간다. 바닥이 물로 흥건하다. 락스 냄새가 난다. 변기 뚜껑과 세면대는 광택이 난다. 나는 휴지로 변기에 남은 물기를 닦아 내고 앉는다.

오줌을 누며 생각한다. 지우와 함께 있으면 나는 보통 사람 같았다. 지우는 내가 말을 우물거리거나 행동이 굼떠도 뭐라 하지 않았다. 자책하지 않아도 되어서 좋았는데. 오늘은 돌아보게 된다. 내가 귀찮아진 건가.

우리는 전에는 이런 대화를 나누지 않았다. 도서관에서 뭘 읽었냐고 물어본다거나, 매니저가 짜증 난다고 욕을 하거나, 사회적 물의를 일으킨 유명인의 흥을 보거나. 그도 아니면 내일부터 프로모션 시작하니까 신메뉴를 시켜라, 스탬프를 세 개씩 찍어 줄 테니. 그런 사소한 이야기를 늘어놓는 게 전부였다. 나는 손을 닦으며 지우에게 할 말들을 정리한다.

나와 보니 내 옆자리에는 종이봉투가 하나 놓여 있다. 입이 벌어진 가운데를 통해 슬쩍 본다. 전에 부탁한 얇은 옷이 들어 있다. 나는 손을 집어넣고 옷들을 뒤적거린다. 지우는 어느덧 다시 2층에 올라와 어수선하게 돌아다니는 중이다. 테이블과 의자의 각을 맞춘다. 창문의 블라인드를 올린다. 카페 내부의 조도를 낮춘다. 나는 지우를 향해 말한다.

"이거 내 옷 아닌데."

"미안, 바빠서 못 들렀어. 내 옷인데 입어 봐. 아마 대충 맞을 거야."

나는 담당자에게 방금 막 끝낸 할당량의 작업 파일을 메일로 보낸다. 노트북을 덮는다. 지우가 하던 일을 멈추고 대각선 테이블에 와서 앉는다. 지우는 잠자코 앉아 카페의 재생 휴지를 접었다 폈다 하고 있다. 내가 먼저 얘기를 꺼낸다.

"나 이제 여기 그만 오고 싶어."

"미안해 사실 늦잠 자서 못 들렀어. 내일 가져다줄게."

"그게 아니고 커피 한 잔 시켜 놓고 다섯 시간 넘게 있는 게 눈치 보여."

이 루틴이 반복되다 보면 조만간 지우와 함께여도 자책하고 있을 내가 상상된다. 최근 들어 도서관 주변에 24시간 스터디 카페가 많이 생기고 있다. 오픈 기념행사도 많이 하는 중이라 장기 이용권을 끊으면 매일 커피 한 잔씩 시켜 먹는 것보다 비용도 적게 든다. 군이 20분씩 걸어오지 않아도 되고 말이다. 그럼에도 이곳에 오는 이유는 지우가 매번 내게 이렇게 말하기 때문이다.

"그러지 말고. 내일도 올 거지?"

눈에 힘을 단단히 주며 얘기한다. 안 오면 큰일이라도 날 것처럼. 애가 나한테 뭐 때문에 자꾸 '내일'이라는 말을 섞어 쓰는지는 대충 짐작이 간다. 지우가 휴지를 한 올 한 올 찢는다. 기껏 청소를 다 해 놓고 왜 저러는지 모르겠다. 나를 찢을 수는 없으니까 휴지라도 찢는 건가?

"기억나? 초등학생 때 누나가 나 맨날 놀이터에서 그네 밀어 줬잖아."

지우가 찢어 놓은 휴지 가닥들을 한데로 모으더니 손으로 둥글게 뭉친다. 평면의 정사각형이던 휴지가 회전체의 구형으로 변한다.

"나 그때 그 새끼 때문에 살고 싶지도 않았는데 누나가 밀어 주는 그네 타고 있으면 조금 살 것 같았어. 그러니까 누나도 나한테 계속 부탁해도 돼."

"근데 100일 동안 올 줄은 몰랐겠지?"

지우가 앞치마에 휴지 뭉텅이를 집어넣으며 일어

선다.

"이제 다시 일하러 가야겠다."

나는 콘센트에서 노트북 배터리의 플러그를 뽑는다. 선을 돌돌 말아 파우치에 집어넣는다. 슬슬 도서관으로 향할 시간이다. 그 전에 나는 얇은 옷을 챙기러 집에 들러야 할 것 같다. 카페를 나서기 직전 쇼핑백 안에 든 옷을 지우에게 돌려준다. 한사코 받으려하지 않아 문고리에 걸어 두고 나간다. 돌아서는 등뒤로 지우가 외친다. 내일도 보자고. 정확히 말하면 오늘 밤에 보는 건데.

7

신발을 벗는 게 무섭다. 익숙한 공간이지만 양말만신은 발로 바닥을 딛는 이 감각이 무척 낯설다. 도서관이나 카페에서는 대체로 신발을 벗을 일이 별로 없기 때문이다. 처음에는 도서관에서 잘 때 훨씬 숙면이 가능해서 집을 오지 않은 거였지만 숙면도 며칠뿐이었다. 그 후에는 회사 사람들이 집으로 쳐들어올까봐 도서관에 있었다. 팀장에게 퇴사하겠다고 말을 전한 이후로는 집에 들어가도 됐는데 용기가 생기지 않아 돌아가지 못했다.

그랬는데 옷을 가지러 온다는 별 이유 같지도 않은 이유로 들어오게 될 줄은.

나는 오직 내 방을 향해 빠르게 걷는다. 거실을 지날 때는 거실을 외면하고 부엌을 지날 때는 부엌을 외면한다. 어느 곳에도 시선을 두지 않는다. 기필코 천장이나 벽지, 장판만 보려고 한다. 그럼에도 방까지 가는 길이 멀게만 느껴진다. 열려 있는 화장실 문이 자꾸만 신경 쓰인다. 나는 얼굴을 의식적으로 돌린다. 화장실 내부는 쳐다보지 않고 문만 닫으려고 애쓴다. 다행히도 그 노력은 성공한다.

옷장 서랍을 연다. 얇은 옷들 위주로 되는대로 주워 담는다. 챙길 것만 챙겨서 얼른 나가야 한다. 집 안의 공기는 오래된 적막을 품고 있다. 제때 환기시키지 않아 고여 있기만 한 냄새들. 석 달 만에 맡는 우리 집 특유의 가구 냄새가 묵직하게 파고든다.

배낭에 옷들을 구겨 넣고 지퍼를 잠근다. 방을 나서기 직전 침대 시트를 어루만진다. 베개를 베고, 이불을 덮고. 그렇게 제대로 누워 잠을 잔 게 언제인가 떠올려 본다. 이불 속으로 파고들어 당장이라도 몸을 누이고 싶은 욕구를 간신히 억누른다. 나는 거실로 나갈 만반의 준비를 한다. 심호흡을 하고 눈을 감는다.

눈을 감고 걸어도 우리 집 동선이므로 충분히 빠져나갈 수 있다고 생각했다. 그러나 나는 냉장고 모서리에 이마를 박고 튕겨 나간다. 엉덩방아를 찧고 꼬리뼈의 통증을 느낀다. 손으로 머리를 감싼다. 주저앉은 상태에서 실눈을 뜬다. 메탈 색의 조그마한 냉장고가 내 앞을 가로막는다.

나는 시선을 피해 보지만 주변은 온통 자질구레하고 고장 난 물건들로 가득하다. 왼쪽으로 얼굴을 돌리면 다리 하나가 부러진 의자가 있다. 새로운 의자를 사는 게 마땅한 행동이겠지만 낮 시간 동안 회사 비품을 사고, 이런저런 말을 듣고, 회사 비품을 조립하고, 이런저런 말을 듣고, 영수증 처리를 하고, 이런저런 말을 듣다 보면…… 집에서는 아무것도 사지 않고 그냥 가만히 있고 싶었다. 공업용 청테이프로 꽁꽁 묶어 고정하니까 앉을 수 있게 되어서 그 상태로 2년 더 썼다.

식탁 위에는 항불안제와 수면유도제가 있고 코팅이 벗겨진 머그 컵이 있다. 이젠 저 약들을 복용하지 않아도 그런대로 살아진다.

오른쪽으로 얼굴을 돌리면 2인용 레자 소파가 있다. 하도 머리를 베고 누웠더니 손잡이 부근에 기름으로 반질반질해졌고 결국 찢어졌다. 찢어진 소파 천 사이로 스펀지가 삐져나왔다.

나는 집에 오면 밥도 안 먹었고, 책도 안 읽었고, 유튜브도 안 봤다. 방까지 들어가는 것도 힘들어서 저 소파에 누워서 꼼짝도 안 했다. 누워서 울고 있으면 눈꼬리로 흘러내린 눈물이 스펀지로 흡수됐다. 물 먹은 스펀지가 도로 내 볼과 목덜미를 적셨다.

화장실은 전기가 고장 났다. 형광등을 아무리 갈아도 불이 켜지지 않았다. 전기기술자를 불러야 하는데 퇴근하면 매일 새벽이었다. 쉬는 날에는 자고 눕고를 반복하다 보면 하루 종일 멍해서 정신이 혼미했다. 그때 나는 전기를 고치는 것보다 누워 있는 시간이 더 필요했나 보다. 그래서 스탠드 하나에 의지해서 용변을 봤다. 양치를 하고 목욕을 하고 머리를 말렸다.

당장 급한 것조차 고치지 못하고 반년을 넘게 살았다. 옷도 계절별로 정리를 하지 않고 쌓아 두기만 했다. 그러다 무거워진 행거가 무너졌다. 그것을 일으켜 세울 자신이 없었다. 우르르 무너진 행거에서 옷을 꺼내고, 입고, 벗고, 다시 걸면서 생활했다.

다탁 위에는 사무실에서 가져온 일거리 같은 게 아무렇게나 너부러져 있다. 마주하고 싶지 않던 것들을 마주하는데도 지금의 나는 의외로 담담하다.

냉장고 문을 연다. 백색의 형광등 조명이 눈앞에 쏟아진다. 저장칸 안은 휑하다. 물, 우유, 달걀, 식빵, 김치, 치킨 무. 나는 그것들을 하나씩 꺼내어 바닥에 늘어놓는다. 식빵에는 검은 곰팡이가 피었다. 상한 우유는 응고되어서 덩어리가 졌다. 치킨 무는 표면이 자글자글 쪼그라들었다. 육안으로 봤을 때는 썩지 않은 것도 있다. 생수와 달걀과 김치가 그렇다.

생수를 보니 갈증이 난다. 이 집에서 물을 마셔도 될까. 먹고 죽는 건 아닐까. 생수 뚜껑을 열고 냄새를 맡아 본다. 냉장고 속에서 부패한 다른 음식 냄새도 조금 섞여 있는 것 같다. 그동안 나는 이런 걸 먹고 살았구나. 물을 한 모금 마시려고 시도하다가 속이 울렁거려서 도로 뱉는다.

허공에 대고 방향제 스프레이를 분사한다. 창을 열고 환기를 한다. 집에 오면 고장 난 것들을 전부 감당해야 하는데 아무것도 하기 싫은 마음밖에 안 들어서 괴롭다.

8

핸드폰이 방전되었다. 충전기를 꽂고 전원을 건다.

24시간 가까이 잤다. 부재중 전화가 60통이나 와 있다. 전부 지우에게서 온 것이다. 나는 괜찮다고. 집에 와서 잤다고. 메시지를 보낸다. 지우에게서 답장이 온다. 무슨 일이 생긴 줄 알았다고. 그래서 지금 일 끝나고 도서관으로 찾아가는 중이라고 했다. 다시 돌아가도 된다고 간단하게 쓰려다가 충동적으로 생수 사진을 찍어 보낸다. 뒷말을 덧붙인다.

—지금 목이 너무 마른데 이 물 마셔도 안 죽겠지?

1초 후에 마셔도 괜찮을 것 같다는 답장이 온다. 또 1초 후에는 수돗물을 먹는 게 더 안전할지도 모르겠다고 알려 준다.

나는 잠들기 직전 벌여 놓은 음식들을 버린다. 우선 치울 수 있는 것들부터 치우고 싶다.

먹을 수 있는 것들은 지금 당장 먹고 싶다. 하루를 통으로 자 버려서 목구멍이 찢어질 것 같다. 싱크대 수전에 입을 대고 물을 마신다. 약품 냄새를 느낄 틈도 없이 목구멍으로 꿀렁꿀렁 넘어간다. 시원하고 달다.

물을 마신 다음 가스 불을 켠다. 어쨌든 먹을 수 있는 김치를 가지고 뭔가를 만들어 보는 것부터 시작하자. 기름을 두르고 팬을 가열한다. 지지기 전에 김치 맛부터 확인한다. 많이 익었다. 텁텁하지도 맵지도

않다. 굴이 들어가 있어 시원한 맛이 난다. 적당량의
김치를 뜨거운 팬 위에 쏟자 고요와 잿빛으로 가득했
던 집에 소리와 냄새와 색채가 채워진다.

쌀을 씻고 밥을 안친다. 밥을 짓는 동안 머리를 감
고 샤워를 한다. 몸을 닦고 새 옷으로 갈아입는다. 그
런 다음 화장실 청소를 한다. 수세미로 더께가 내려
앉은 세면대와 변기를 닦는다. 바닥에 엉켜 있는 머리
카락들을 한데 모은다.

전부 버리자. 냉장고에 방치했던 부패한 음식들을
버리고, 찢어진 소파와 부러진 의자를 버리자. 행거를
일으켜 세우자. 이제는 맞지 않는 철 지난 옷들도 버
리자. 지난 계절의 옷들은 상자에 넣어 보관하고 행거
에는 지금 이 계절의 옷만 걸어 놓자. 화장실 전기도
고쳐야 한다. 하나씩 버리고 고치다 보면 이 집을 그
리워하게 될 날이 올지도 모른다.

물론 당장은 힘들겠지. 그러니 감당할 수 있는 밤
에만 천천히 집에 와서 자 보기로 한다.

9

도서관은 자율학습 열람실에 한해서 아침 7시에
문을 연다. 나는 주로 문헌 정보실과 디지털 열람실

에 머무는데 여긴 아침 9시부터 이용할 수 있다. 로비의 좌석표 발급기에 대고 회원 카드를 찍는다. 앉을 자리를 신중하게 고른다. 칸막이 책상은 답답하다. 사방이 트여 시야가 자유로운 게 좋다. 나는 고개만 들면 계절과 시간의 흐름을 느낄 수 있는 창가 좌석을 선택한다.

준비물은 물이 든 텀블러와 종이컵 커피, 어제 빌린 책 한 권과 수첩, 삼색 볼펜이 전부다. 달달한 커피를 한 모금 마시며 밖에 있는 나무들을 쳐다본다. 박새와 까치와 참새들이 날아와 가지 근처에 내려앉는다. 미풍이 불어 초록색으로 무성한 잎사귀가 옅게 흔들릴 때마다 박새와 까치와 참새는 날갯짓을 하며 이 가지에서 저 가지로 옮겨 간다. 그럴 때마다 새들은 각자의 화법으로 부지런히 조잘거린다. 박새와 까치와 참새가 앉은 가로수 아래로 교복을 입은 한 무리의 학생들이 떠들썩하게 지나간다. 그러고 보면 이 도시에는 비둘기만 있는 것도 아니다.

학습실의 좌석들도 하나둘 채워진다. 보건직 공무원 수험생과, 경찰 시험, 중등 영어 교사 임용시험 준비생들이 늘 오는 시간에 도착한다. 내 옆에 앉은 회시생은 수험서로 담을 쌓는다. 오늘은 어쩐지 머리를

묶지 않는다. 머리카락이 푸석푸석한 더벅머리다. 그
녀는 스케줄러에 오늘 할 일을 기록하려다 그만 볼
펜을 떨어뜨린다. 마른세수를 하며 코를 훌쩍거린다.
두 손으로 자신의 얼굴을 감싼다. 손으로는 차마 가
려지지 않는 목과 귓가 근처가 벌게졌다. 떨어진 볼펜
한 자루는 내 앞까지 굴러온다. 나는 그것을 주워 회
시생 자리 앞에 조용히 놓는다.

　노트를 펼쳐서 쓴다. 다음 챕터로 넘어가야만 하
는 이유, 그 밑에 1이라는 숫자를 적고 오랫동안 가만
히 바라본다.

　1.

열다섯 살에는 머리를 질끈 묶고 학교에 다녔다.
어느 날 담임 교사가 아무런 전조도 없이 머리끈을
잡아당겼다. 나는 아침부터 봉두난발이 되었다. 머리
끈이 검은색이 아니라서 압수한다는 것이었다.

한 학기 가까이 똑같은 끈으로 머리를 묶고 다녔는
데 갑자기 이렇게 뺏는다고? 그날 교사의 기분이 유
난히 나빴던 건지, 아니면 누군가에게 어떤 지시를
받아서 그런 건지 나는 모른다.

단지 이치에 맞지 않는다는 생각.

진짜 이상하다는 생각.

사람이 사람에게 이런 식으로 수치를 안겨 줄 수는 없다는 생각.

그러니까 내 방식으로 나름의 저항을 해야겠다는 생각.

나는 곧바로 행동을 개시했다.

풀어헤쳐진 머리를 한쪽 손으로 쓸어모았다. 1교시부터 6교시까지 책상에 엎드려 있었다. 엎드려 있었지만 졸지 않았다. 잠들 수 없었다. 억울해서 쉭쉭, 숨소리만 내뿜었다. 도중에 와락 눈물을 쏟기도 했다. 콧물을 훌쩍거리자 옆에 있던 짝꿍이 휴지를 줬다. (고마워.) 과목별로 들어온 선생님들이 수업 시작마다 물었다. 쟤 왜 저래? 짝꿍이 대신 거짓말해 줬다. 아파서요. (진짜 고마워.) 점심시간이 되자 밥도 거른 채 엎드려 있는 모습을 보다 못한 어떤 친구는 검은색 머리끈을 구해다 줬다. (진짜 진짜 고마워.) 하지만 그걸 이용해서 머리를 묶지는 않았다. 왜냐하면 이건 일종의 사보타주이자 퍼포먼스니까.

1교시 동안 한 손으로 머리칼을 붙들고 있다 보면 팔이 저린다. 감각이 없어진다. 다음 교시에는 반대편 손으로 머리칼을 움켜쥔다. 왼팔. 오른팔. 왼팔. 오른팔.

모든 수업이 끝난 뒤 교무실로 소환되었다. 너의 그 고집은 대체 무엇이냐며. 담임으로부터 등짝을 한 차례 세게 맞은 뒤 머리끈을 돌려받았다.

머리끈을 돌려받자고 한 짓은 아니었기 때문에 딱히 내가 이겼다는 기분은 들지 않았다.

다만 6교시까지 그 짓을 하고 나니 알 수 없는 뭔가가 해소된 느낌이었다.

억압을 받았지만 그래도 주눅 들지는 않았구나. 나는 떳떳해.

사실 진정으로 저항을 할 생각이라면 교육청에 민원을 넣어야지. 교육청에서 거부당하면 교육부, 교육부에서도 거부당하면 헌법재판소. 교칙에 관한 위헌 청구를 해야 맞는 건데. 그런 게 저항 아닌가.

나는 그런 식의 싸움을 걸 수 없는 인간이다.

1교시부터 6교시까지 꼼짝 않고 책상에 엎드리는 것으로 억울함을 드러내던 자가 이제는 1시부터 6시까지 침대에 엎드려 끈질기게 소설을 생각한다. 그리고 책상에 앉아 이상한 세상에 대한 소설을 쓴다. 왼손. 오른손. 왼손. 오른손. 번갈아 움직이며.

지금도 나의 일상에는 곳곳에 억압이 도사리고 있

다. 아무런 전조도 없이 남의 머리끈을 갑자기 잡아당기는 사람들도 가끔 있다. 이런 세상이 불합리하면 법과 제도를 들여다봐야 하는데 그때마다 난 소설을 생각한다.

소설집 묶는다고 해서 뭔가를 이뤘다는 기분은 들지 않는다.

다만 열다섯 살의 어느 시점처럼 알 수 없는 해방감이 밀려온다.

여기 실린 일곱 편의 소설들을 쓰면서 마냥 즐거웠다고만 한다면 거짓말이겠지. 그래도 쓸 때마다 크게 웃었던 순간이 한 번씩은 존재했다. 그 짧은 웃음이 가져다준 위로를 오래 기억한다.

그리고 이번에 교정을 거듭 보다가 알게 됐다.

나는 웃으면서 썼는데 소설 속 인물들은 계속 울고 있네.

이제는 그만 울고, 많이 웃었으면 좋겠다.

작품 해설

미래-증명, 중단합니다
최가은(문학평론가)

1 "지치지 좀 않게 해 주세요."

계단 아래 계단, 그 아래 다시 또 계단. 끊임없이
이어지는 계단의 구렁텅이였다. 발밑으로 펼쳐진 공간
의 밑바닥이 가늠되지 않았다. 보이는 것이라고는 나
보다 아래에 위치한 사람의 검은 머리통. 그리고 가운
데로 수렴하는 계단뿐이었다.
— 「당신이 기대하는 건 여기에 없다」에서, 53쪽.

「당신이 기대하는 건 여기에 없다」(이하 「당신」)는
이야기가 다 끝난 후에도, 우리를 '기대하는 것이 없
는 여기'에 멍하니 붙들어 놓는다. 이 숨 막히는 단편
은 일곱 가지 형태로 변주된 소설집의 테마가 교차하
는 지점이자, 무엇보다 이곳에서 벌어지는 모든 비틀
린 이야기의 출발점이다. 어딘가 기묘한 불안감 속에

서 『사랑 파먹기』를 읽어 낸 이는 소설집 전체를 장악한 '계단의 구렁텅이'를 내려다보면서, 그것으로부터 내내 발사되던 정념이 정확히 무엇인지 헤아리느라 분주할 것이다. 지금 내게 무차별적으로 이식되는 이것은 대체 무엇일까? 말 그대로 "밑바닥이 가늠되지 않"는 종류의 절망? 아니면 온전한 체념? 그것도 아니라면, 무기력한 내 신체의 저변에서 무섭게 들끓고 있는 극렬한 분노인가?

이러한 종류의 물음이 독자의 읽기를 압도하는 이유는 이 소설집의 풍경이 우리에게 특별히 낯선 무엇이라서가 아니다. 오히려 상황은 정반대에 가까운데, 권혜영의 인물들이 놓인 특정한 '상태'란 우리 자신이 너무나 잘 알고 있는 이야기의 파편들로 구성된 것이기 때문이다. 매일같이 오고 가는 길거리에서, 유사한 어휘들로 이루어진 수십 개의 뉴스 헤드라인에서, 카페와 학교, 회사와 일터 곳곳에서 보이고 들리는 것들. 알고 싶지 않고, 듣고 싶지 않아도 굳게 잠가 둔 내 방 저 깊은 곳까지 침투하여 기어이 나를 잡아먹고 마는 그런 '없는 여기'의 이야기들 말이다. 그러나 그것은 그 낯익음으로 인해 소설을 읽는 우리를 더욱 혼란스럽게 만든다.

익숙한 풍경임에도 어쩐지 명확한 이해가 불가능하다는 인상은 권혜영이 그리는 삽화의 특수성에서 온다. 권혜영은 반복되는 우리의 일상 속에서 유난히 일그러지는 표정 하나를 포착하여 확대한 후, 그것을 끝까지 뒤쫓는다. 슬픔인지, 좌절인지, 광란인지 모를 이 특수한 표정을 흉내 내며 그의 뒤에 바짝 들러붙던 우리는, 해당 표정의 기원으로 보이는 이상한 지점에 도착하게 된다. 길의 끝에서 마주친 그 표정 뒤에는 다름 아닌 우리 자신의 얼굴이 놓여 있다. 해독되지 않는 스스로의 표정 앞에서, 우리는 우리의 일상을 잠식한 것의 정체를 — 우리가 이미 '알고 있다'고 믿었던 무엇을 — 실제로는 진지하게 마주한 적 없다는 사실을 깨닫는다.

「당신」의 '나'는 어쩐지 "갇혀 죽으라고 고의로 만들어 놓은 공간" 같은 '계단의 수렁'에 감금되어 있다. "몇 분, 몇 시간, 며칠의 차원"이 아닌, "몇 년이 지났을지도" 모를 기간 동안 지속 중인 이 난데없는 형벌은 말 그대로 끝날 기미를 보이지 않는다. 애초에 모든 사태가 화재경보기 소리에 등 떠밀려 시작된다는 점도 예사롭지 않다. '나'는 재난 가능성으로부터 생존하기 위해서가 아니라, "3교대 근무의 마지막 조"

에게 특히나 절박한 수면 시간을 채우기 위해 계단을 내달린다. 현재의 위치가 계단의 전체로 보아 가운데 인지, 첫 번째인지, 마지막인지조차 알 수 없게 만들 어진 이 비뚤어진 공간을 장악하는 것은 우렁찬 사이 렌 소리이다. 더 이상 어떤 종류의 경고 효과도 발휘 하지 못하는 무딘 굉음 속에서 '나'는 지금 겪는 이 폐 소공포가 수없이 '옷을 개며' 살아온 내 지난 삶으로 향하는 순간을 본다.

경력이 늘어나도, 월급이 10만 원, 20만 원, 30만 원 올라도, 남은 건 빚뿐인 인생. 옷을 개고, 또 개고, 바코드를 찍고, 재고 정리를 하고, 매출 전표를 만진 대가인 월급이 오로지 "사람 구실"하는 데에만 쓰이 고, 사람 구실이 아닌 사람으로 '살기' 위해서는 추가 적인 빚이 필수인 삶. 이는 계단 밖 '나'의 위치란 것 역시, 오로지 다음의 '옷 개기'를 재생산하기 위한 또 다른 계단의 수렁 속이었다는 사실을 의미한다. 나 는 그곳이 어디든 단지 "존재할 뿐"인 것이다. 죽는 것 도, 사는 것도 불가능한 이 계단지옥의 어느 구석에 서, 누구의 것일지 모를 목소리가 메아리처럼 울린다. "왜 제자리걸음인 것 같죠?" 이들의 상태는 한마디로 정의될 수 있다. 그러니까 이들은, 피곤하다

2 "시간이 지나가길 견디고 있다."

최근 들어 나는 씻고 밥 먹고 청소하고 외출할 때에만 잠깐씩 직립보행을 하고 그 밖의 상황들 속에서는 거의 누워서 생활한다. 누워서 핸드폰을 하고, 누워서 영상을 시청하고, 누워서 젤리를 먹고, 누워서 노트북으로 할 일을 하다가, 누워서 그냥…… 가만히 있는다. 몸은 비록 누워 있더라도 그 어느 때보다 생생하게 살아 있음을 느낀다.

　　　　　　　　　　　　　　―「띠부띠부 랜덤 슬라이드」에서, 9쪽.

소설 속 인물들은 지하철 인파 속에서 '콩나물 시루'가 되어 옮겨지듯 출근하고, 출근해서는 '병든 닭'처럼 꾸벅꾸벅 졸면서도 '체스말'의 맡은 바 역할을 기적적으로 수행하며, 다시금 '콩나물 시루'(「여분의 해마」)의 상태로 되돌아간다. 기본적으로 너무나 피곤하고, 언제나 졸린 상태인 이들은 대체로 누워 있기를 원한다. 그런 이들에게 '행복'이란 매우 드물게 찾아오는 무엇이다. 최대한 누워서 생활하는 도중에, 그 누워 있기의 생활을 지탱하는 실업급여 180만 원을 지급받을 수 있는 때가 바로 그런 '꿈' 같은 행복의 순간인 것이다.

적당한 입구도, 출구도 보이지 않는 막막한 삶은 소설 속 인물들에게 현실을 "인과관계를 파악하기" 힘든 추상적이고 물질성이 없는 세계로 인식하게 한다. 그 때문에 이들은 "물건을 굴리면 곧바로 다른 물건이 나오"는 세계, "가시적이며 구체성을 띠는 세계"에 쉽게 현혹되며, 이를 간절히 원한다. 「띠부띠부」의 인물들이 무작위의 규칙이 적용되지만(이것은 현실의 세계의 논리와 별반 다르지 않다.), '꽝' 아니면 '한방'이라는 가시적인 결과를 곧바로 내어놓는(바로 여기가 현실과는 다른 지점이다.) 투기의 세계에 몰두하게 되는 전개는 따라서 자연스럽다.

투기와 죽음, 혹은 반(半)-죽음을 사는 것이 삶의 현장인 풍경. 이는 더 이상 삶에 대한 잔인한 비유가 아니라, 우리가 살아가는 실제 모습에 대한 세밀한 묘사에 가깝다. 그런데 우리 사회가 목도하고 있는 새로운 혹은 악화된 주체성의 형식이 기존의 언어와 불화할 때, 우리의 절망과 우울은 더욱 극단적인 상태로 내몰린다. "신자유주의 사회 공학이 빚어내고자 의도한 인간 유형에 제대로 부합하지 않"*는 형태로 망가져가는 우리 자신의 표정에는 새로운 언어와 분석, 그리고 궁극적으로 다 전망이 요구된다.

이는 '정규직을 꿈꾸는 인플루언서', '실업급여를 받는 미취업자', '커버 영상만 게시하는 유튜버 가수', 혹은…… 최애를 마주한 현실이 꿈이라면 영원히 깨고 싶지 않다는 팬의 혼잣말에 "그럼 우린 같은 꿈을 꾸는 거네요."와 같은 말을 자동판매기처럼 내뱉는 '인공지능화된 아이돌'처럼, 익숙하지만 낯선 권혜영의 인물들에게도 다른 설명 방식이 필요하다는 것을 의미하기도 한다. 이들은 그간 신자유주의의 선구자들이 관계 맺고 형성하려 했던 '기업가적 주체', 즉 철저한 자기 관리를 통해 자신의 효용 극대화를 추구하는 자의 형상으로는 온전히 이해될 수 없는 인물이기 때문이다.

새로운 주체성의 형식은 '자본화'만이 아닌, '금융화'된 자본주의와도 관계된다. '금융의 헤게모니'는 금융을 경험하는 모든 이들의 품행과 기대를 변형시키며 이에 걸맞은 새로운 규율을 부여하는데, 그 속에 위치된 우리는 누구일지 모르는 투자자에게 자신의 모습이 비칠 것을 언제나 예상하며 산다. 이들

---

* 미셸 페어, 조민서 옮김, 『피투자자의 시간』(리시올, 2023), 28쪽.

'피투자자(investee)'는 스스로의 '매력도'를 상승시키는 데 현재를 고스란히 바칠 것을 요구받는다.* 이들의 품행과 그에 대한 가치 평가는 자신의 노동력이 언제든 이용 가능하다는 의미를 담보하는 '가용성(availability)'과, 그 노동의 종류가 무엇이든 상관없다는 '유연성(flexibility)'을 보다 공격적이고 전략적으로 제시하는 것에 달려 있다.

피투자자는 잠재적인 자금줄, 즉 투자자의 기대를 끝없이 예측하는데, 이는 실제로 그의 조율되는 기대에 따라 '자기'라는 피투자자 포트폴리오의 가치가 셈해지기 때문이다. 이러한 논리에 따르면 『사랑 파먹기』의 인물들은 세계를 있는 그대로 바라보고, 보이는 그대로 인식하는 이들이다. 그들의 말처럼, 우리가 살아가는 이 세계는 도무지 구체적일 수가 없는 것이다. "투자자가 투기를 위해 [다른 투자자의] 반응을 살필 수 있는 장소를 제공하는 것, 즉 투자자가 다른

---

* 페어는 현재 금융화된 자본주의가 만들어낸 주체성의 양식을 '인적 자본', 혹은 '피투자자investee'로 설정하고 이에 주목한다. "(……) 자신의 인적 자본에 투자하는 자는 자신의 투자에 대한—화폐적·정신적-수익 극대화보다는 가치 상승, 즉 자신과 동일시되는 자본의 주가를 높이는 것에 관심을 갖는 존재로 나타난다. 다른 말로 하자면 신자유주의적 환경 속에서 인적 자본이라는 조건에 처한 주체의 목적은 내부에 축적된 잠재력을 활용해 이윤을 얻는 것보다는 자신의 가치를 높이 평가하고value 상승시키는 appreciate 것, 혹은 적어도 자신의 가치 하락을 방지하는 것이다."(미셸 페어, 「자신의 가치를 상승시킨다는 것, 혹은 인적 자본의 열망」, 《문학과사회》 2022 봄호, 303쪽.)

투자자들의 기분을 고려해 끊임없이 거는 내기를 기록하는 것"*이 이들이 관계 맺는 '금융 시장'의 논리이며, 이는 '착취'가 일상적으로 작동하는 기존의 '노동 시장'의 논리와 중첩되며 펼쳐진다. 소설 속 인물들이 죽도록 피곤할 수밖에 없는 이유이다.

3 "할 만큼 했다. 더는 하고 싶지 않다."

한편, 피곤한 이들이 소설 속에서 행하는 바는 조금 난감한 데가 있다. 이들은 대체 무엇을 하고 있는 걸까. 저항이라기엔 너무나 하찮고, 아무런 의미가 없다고 치부하기엔 너무나 절박한 이들의 행동과, 선택, 그리고 그것으로 펼쳐지는 웃기고도 슬픈 상황들……

공짜 공부, 공짜 영화, 공짜 강의, 공짜 책, 공짜 책상과 의자……. 나는 공짜 파티 도서관이 마음에 든다. 누워 있는 게 지겨워지면 도서관이나 다녀 볼까 한

---

* 미셸 페어, 위의 책, 46쪽.

다. 과연 그런 날이 올까 싶지만. 게시판에 걸린 7월의
공짜 행사들을 살펴본다. 무료 영화 상영은 7월 14일
3시 30분. '썸머 필름을 타고'. 체크. '권혜영 작가와의
특별한 여름 만남'. 7시 30분. 패스. '몸속의 노폐물을
배출하는 림프마사지 교실'. 7월 5일 개강. 이건 끌리
는걸?

— 「띠부띠부 랜덤 슬라이드」에서, 23~24쪽.

나는 도서관에 산다.

열심히 공부하느라 도서관에 산다는 관용적 표현
이 아닌 문자 그대로 그곳에서 먹고 자고 생활한다는
의미이다.

(……)

비밀번호를 눌러 자물쇠를 푼다. 사물함을 열고 안
을 들여다본다. 컵라면과 햇반 같은 비상식량 몇 가
지. 그리고 무채색 계열의 옷들이 돌돌 말려 있다. 후
드티. 맨투맨. 셔츠. 바지. 속옷과 양말. 짐을 줄이기
위해 브래지어는 착용하지 않는다. 지금 입고 있는 옷
에 코를 박고 냄새를 맡는다. 악취는 나지 않지만 이
틀 내리 입었기 때문에 면이 구겨졌고 무릎과 목 주변
이 늘어났다. 갈아입을지 말지 고민한다, 어중간한 옷

상태가 요즘의 내 삶과 비슷하다.
　　—「다음 챕터」에서, 233~234쪽.

　　꽤나 낯익은 것이었던 인물들의 표정은 바로 이 지점에서 비틀리기 시작한다. 『사랑 파먹기』 인물들은 일체의 경제 활동을 중단한 '모라토리엄기'에서 우리라면 결코 가지 않을 곳까지 간다.

　　「띠부띠부」의 '나'에게 허락된 종류의 프로그램 — 180만 원을 여섯 번에 걸쳐 받기 위해 어마어마한 서류 떼기, 고용노동지청에 방문해 강의 듣기, 한 달에 한 번씩 기업에 이력서를 넣고 뽑히지 않기 등 — '실업 상태'라고 하는 것의 의미를 기본적으로 다음과 같이 규정한다. '실업 상태' 혹은 '미취업 상태'란 '나'와 같이 스스로의 가치를 상승시켜야 하는 '청년' 계층에겐 특히 치명적인 것이며, 반드시 탈출해야 하는 상태이다. 정당한 노동을 통하지 않고 실업급여에 기대어 사는 이 시기는 마약과 같은 유독한 물질에 대한 의존 중독성에 비유된다. 그러나 이것은 국가가, 사회가 제공하는 하나의 기회이기도 한데, 이 기간 동안 '나'는 평생을 이 사회에 파렴치하게 들러붙는 빈곤한 기생충으로 전락할 것인지, 아니면 그동안 잃

어버린 삶에의 의지와 의욕을 되살려 정정당당한 이 사회의 일원이 될 것인지 선택해야 하기 때문이다.

후자를 원하기만 한다면, '나'에게는 자신의 가치 하락을 방지할 수 있는 다양한 종류의 직업 훈련 프로그램이 제시된다. 따라서 '실업 상태'는 단순히 고용되지 않은 정적인 상태가 아니라, '나'와 연루되는 그 모든 것이 내 인적 자본의 유지 및 퇴화에 기여하는 활성화된 기간이다. 다시 말해, "나와 영향을 주고받는 모든 것에 의해 변형되는 기술(skill)과 역량의 집합으로서의 나"*를 매우 강력하게 만들어가고 또한 이를 과시할 것이 요구되는 중요한 시기인 것이다.

그런데 「띠부띠부」의 '나'와 「다음 챕터」의 '나'는 일종의 자비로운 기회로 제공되는 이 '공짜'들 사이에서 오직 '림프마사지'에만 진지한 관심을 둔다. 우리의 잠재된 자존감과 의지를 되살리려는 온갖 사회적 조치와 프로그램들이 '계단의 수렁'인 권혜영의 세계에선 그다지 효력을 발휘하지 못하는 것이다. 이곳의 익숙한 문제가 우리에게 도무지 해명되기 어려운 인상을 남기는 주된 이유도 그 때문이다. 저래도 되는

---

* 미셸 페어, 조민서 옮김, 「자신의 가치를 상승시킨다는 것, 혹은 인적 자본의 열망」, 《문학과사회》 2023 봄호, 364쪽.

걸까? 그러니까, 저런 식으로 무언가를 완전히 포기해 버려도 괜찮은 걸까? 인간으로서의 마지막 존엄까지도?

그러자 각자의 기괴한 표정을 얼굴에 걸친 채로 도서관과 24시간 카페(「다음 챕터」), 먼지 그득한 침침한 방(「유예하는 밤」), 타인들의 빈집(「들개들의 트랙 리스트」)을 돌아다니던 소설 속 인물들이 되묻는다. 존엄이라고? "나는 무너졌고 어떻게 되든 상관없"는데, 우리에게 이미 "나는" 남은 존엄이란 것이 있었던가?

권혜영 소설 속 인물들의 행위가 난감한 이유는 저들의 저 깊은 우울을 정확한 '병증'의 상태로 분류하는 것이 어렵다는 데서 비롯한다. 현실 감각이 무뎌진 소설 속 인물들이 내가 가짜일지도 모른다는 합리적 의심에 시달리는 동안, 이 소설을 읽는 우리들 역시 실제 우리가 살아가는 현실과 '계단의 수렁'이 분별되지 않는다는 타당한 공포에 빠진다. 그 때문에 나를 "죽이든지 살리든지 알아서 하길 바란다. 나는 이 문제에 대해 더 이상 판단하지도 관여하지도 않겠다."(「당신」)는 이들의 '태도'는 권혜영이 소묘하는 (우리의) 세계에선 지극히 합당한 방향으로 보이는 것이다.

이 세계와 '나' 자신이 구축되는 논리가 고작 그런

것이기에 우리는 너무 자주 극단적 투기의 현장으로 내몰리거나, 죽음을 앞당기려 한다. 그러나 이 양극단의 길 가운데, 『사랑 파먹기』의 인물들이 진정으로 하고자 하는 일은 그것들과도 조금은 다른 모습이다. 간단히 말해, 이들은 일단 무언가를 중단한다. 소설 속에서 다시금 그 계단 지옥의 문이 열리려고 할 때마다, 인물들이 결정적으로 수행하는 것은 다름 아닌 중단 그 자체인 것이다. 재취업이 확실시된 「띠부띠부」의 '나'는 아이들의 파친코이자 어른들의 꿈동산인 '띠부띠부 미끄럼틀'에서 자신의 신체를 노동이 불가한 사물로 교체한다. 계단 지옥을 헤매던 「당신」의 '나' 역시 끝내 바깥 세계로 통하는 옥상 문을 "열지 않을 것"을 다짐한다. 「유예하는 밤」의 '나'는 다른 세계의 성공한 '나'를 목격한 뒤, 죽음을 시도하는 것을 중단하는 것으로 하루치의 밤을 유예한다.

4 "그때부터였다. 나는 아무것도 하지 않았다."

그렇다면, 중단 뒤엔 무엇이 있을 것인가? 소설집의 제목이 암시하는 바대로 '사랑을 파먹는 일'이 우리의 이 엉망진창인 세상을 구원할 한 가지 답이 될 수 있을까? 권혜영의 세계가 하지 않는 것은, 소설집의 일그러진 표정을 특별한 종류의 사랑과 희망으로 쉽사리 대체하는 일이다.

내게 유일무이한 사랑의 대상인 '해마'가 여분의 몫으로, 복제된 포카로, 궁극에는 맥북으로 환원되는 장면은 '상품화된 인간'에 관한 오래된 이야기에 머물지 않는다. 여기서는 '해마' 역 역시 아이돌 산업이라는 노동 시장에 연루된 한 명의 노동자이며, 더 정확히는 '나'와 같은 팬을 포함한 투자자들의 기대를 예측하고 이를 조정 및 구현해 내는 한 명의 피투자자이기 때문이다. 내 절절한 사랑은 바로 인간 '해마'가 아닌, '해마'라는 포트폴리오를 향해 있으며, 이때 '나'는 금융화된 자본주의의 동일한 관계 구도 속에서 다른 위치를 차지한다.

해마의 얼굴과 머리 스타일링과 관계성을 지나 어느덧 화제는 체형으로 이어진다. 한 사람이 말한다. 다이어트 심하게 해서 속상해. 많이 좀 먹었으면. 등을 지고 앉아 엿듣던 쇼케이스 해마는 갑자기 타르트를 게걸스레 퍼먹는다. 잠시 후 상대방이 반박한다.

아니야 나는 해마가 더 빼야 한다고 봐. 지난해 연말 시상식에서 C 옆에 서 있을 때 얼굴 너무 달덩이였어. 해마가 냅킨을 들더니 그 위에다 씹던 빵을 뱉는다. 음식물을 감싼 휴지를 동그란 모양으로 여러 번 뭉친 다. 냅킨을 꼭 쥔 해마의 손에 힘줄이 불거진다. 나는 앞에 놓인 잔만 만지작거린다. 인공색소를 가미하여 진한 붉은 색을 띠던 딸기 에이드는 얼음이 녹아 흐릿 한 분홍색으로 변했다.

나는 해마가 좋다. 파운데이션을 두껍게 바르고 눈 가와 콧대에 음영을 그윽하게 넣은 해마가 좋다. 보정 효과가 극대화된 홈마 사진 속 해마가 좋다. 조명발을 받은 해마가 무대 위에서 춤추고 노래 부를 때의 반짝 거리는 모습이 좋다. 햄버거를 5분 컷으로 먹는 해마 가 좋다. 카메라 앞에서 자기가 할 수 있는 말과 해선 안 될 말을 신중하게 고르는 해마가 좋다. 나는 해마 가 싫다. 밤만 되면 수염 자국 올라오는 해마의 인중 이 싫다. 양말을 뒤집어서 벗어 놓는 해마의 부주의함 이 싫다. 집 안에서 시도 때도 없이 흥얼거리는 해마 의 생목소리가 싫다. 타르트 위의 청포도만 골라 먹으 며 체중 조절하는 해마의 강박이 싫다. 리그 오브 레 전드를 하면서 뒤졌죠? 발렸죠? 인정? 따위의 혼잣말을 남발하는 해마가 싫다.

　　—「여분의 해마」에서, 112~113쪽.

　따라서 '해마'와 '산호'와 그에 수반되는 온갖 리스크를 거친 또 다른 '나'들이 (투자자로서) "사람이 아니기에" "완전무결한 아이돌 그 자체"인 '아쿠아'에 투자하게 되는 것은 냉정하리만큼 자연스러운 전개이다. 하지만 권혜영은 이처럼 겉보기에 명확한 전개 사이에 약간의 의미심장한 구석을 남겨 놓는다.

　세나는 요즘 산호와 해마의 포토카드를 처분하는 중이었다. 그룹을 갈아탈 때마다 항상 이런 식이었다. 사고 팔고의 연속. 지긋지긋했다. 세나는 다짐했다. 앞으로는 조금만 사자. 앨범은 한 장만. 굿즈도 맘에 드는 것만. 공연도 온라인으로만 하니까 대리 티켓팅을 구하는 데 돈 쓸 일 없겠지. 예전처럼 돈과 시간을 할애하지 않을 거다. 사람이 아니니까. 어차피 돈과 시간을 많이 써 봤자 영균에게 돌아가는 것은 제로다. 회사만 노날 뿐이다.

　　—「사랑 파먹기」에서, 125쪽.

여기서도 마찬가지로 인물들은 무언가를 중단하는데, 이제 이들의 중단은 자연화된 우리의 사회적 관계들을 조금씩 비트는 것에 기여한다. 이들의 중단은 궁극적으로 자연화된 우리의 사회적 관계들을 조금씩 비트는 것에 기여한다. "어딘가 닮아 있"는 채로, '고인 물'처럼, 유독한 습관처럼 지속되던 관계. '사랑'이라는 숭고한 단어로 치장되었던 이 투기의 관계를 인물들은 각자의 자리에서, 각자의 방식으로 멈춰 보는 것이다. '해마'에서 '영균'으로 전환된 인물들의 사랑은 그저 대상을 바꾼 동일한 형태의 반복이 아니다. '영균'은 "사람이 아니니까" 기존에 유지하던 습관적인 관계는 그 내용에서 변화를 도모할 수 있다. 이제 '세나'는 돈과 시간을 그런 식으로 할애하지는 않는다. 그런 식으로 할애하지 않음, 즉 '중단'을 통해 "회사만 노날 뿐"인 '그간의 신용 할당 조건'은 미묘하게 수정될 수 있는 것이다.

이처럼 고요한 경로 변경은 피투자자로서의 삶에서도 드러난다. 가장 먼저 떠오르는 인물은 독서라는 여가의 목적, 혹은 공부라는 인적 자본의 축적을 위해서가 아닌 공짜 집으로 도서관을 이용하던 바로 그 '나'다. '나'는 먹고 자기 위해선 '집'이 필요하고, 그

'집'이란 감당되지 않는 부채를 짊어지고 채무를 성실히 이행해야만 획득될 수 있는 것이라는 이제는 자연화된 상식을 뒤집는다. 소설집 속 또 다른 많은 이들은 '기생충'을 벗어날 수 있는 절호의 기회 앞에서 이를 결연히 박차 버리고, 스스로의 가치를 제로로 수렴시키는 것처럼 말이다.

우리는 이들의 중단에서 자연스레 '필경사 바틀비'를 떠올리게 된다. 문학사에 등장했던 가장 기이한 선언 중 하나인 그의 부정 선언, "하지 않는 게 저는 더 좋겠습니다.(I would prefer not to.)"는 권혜영의 세계에선 합리적인 '논리'로 기능한다. 그리고 바틀비의 선언이 더 이상 선호(prefer)의 차원이 아니라, "부정 아닌 부정인 동시에, 지금-여기-이것이 아닌 것을 꿈꾸는 모종의 지향"*이라고 한다면, 그런 식으로 하지 않겠다는 『사랑 파먹기』의 결론 역시 투박한 꿈꾸기로 이행할 수 있다. 그러나 그 꿈은 아무 것도 기대할 것 없는 여기 이곳의 논리를 '감히' 까보이며 시작된다는 점에서 더욱 단호하고 또한 현실적이다.

권혜영이 붙잡고 놓아주지 않았던 어지러운 표정

---

* 윤조원, 「타자/텍스트의 불가사의(enigma)와 퀴어한 읽기: 「바틀비」와 바틀비」, 미국소설 26권 2호, 2019, 57쪽.

들은 일종의 '내기물'로서의 제 위치를 한껏 끌어내린 자들의 것이다. 환희와 절망, 경외와 참담함이 뒤섞인 얼굴로 자신의 미래를 증명하는 일을 그만둔 그들의 표정을 걸쳐 입으며, 이제 책을 덮은 우리 역시 같은 말을 반복한다. '당신이 기대하는 것은 여기에 없다.'

이희주(소설가)

권혜영 소설의 인물과 동기화했을 때 내게 느껴진
건 '거의 누워서 생활'하는 듯한 압도적인 피로감이었
다. 인물들이 처한 현실은 모두의 삶처럼 녹록지 않
은데, 이 상황에서 작가가 베푸는 연민이 환상이다.
요컨대 외톨이 할머니가 죽은 손자를 만나기 위해서
는 정신이 오락가락해야 한다. 자살 시도를 한 무명
가수가 빌보드 가수가 되기 위해선 평행우주가 필요
하고, 취준생 둘이 호캉스에 가기 위해선 둘 중 하나
가 띠부띠부 랜덤 슬라이드를 타고 납작한 호텔 숙박
권이 되어야 한다.

권혜영의 인물들은 "사랑. 구원. 섹스. 욕망. 출산.
대량생산. 잉여 인구. 먹고살기. 자본주의. 플라스틱.
공산품. 쓰레기. 질병. 바이러스."라는 뫼비우스의 띠
에서 좋은 것과 좆같은 것을 구분짓기 위해 자기최면
을 건다. 그들에게 환상은 현실세계와는 비교도 안

될 좋은 것이어야 하기 때문이다. 그러므로 현실에서 문제해결의 기회가 생겨도 나의 현실이 이럴 리가 없어!를 외치고 환상의 미끄럼틀을 타고 내려간다. 피로는 그 모든 걸 알며 모르는 척하는 과정에 따라오는 부산물이다. 그렇기에 권혜영의 인물은 어스름이 내려앉고 두 세계의 경계가 흐릿해질 때가 오더라도 그림자를 붙잡아 들개인지 포메라니안인지 확인하려 하지 않는다. 믿고 싶은 대로 믿지 않으면 살아갈 수 없기 때문이다.

이 소설집의 제목은 '사랑 파먹기'인데, 떠올리면 손가락으로 자기 심장을 찌꺼기까지 긁어먹는 모습이 떠오른다. 제 살을 파먹는 고통 속에서만 굶주림과 목마름이 가실 때. 환상이 우리를 위해서가 아닌 우리가 환상을 위해 복무할 때. 그때 우리의 진짜 세계는 어디에 있는가?

수록 작품 발표 지면

「띠부띠부 랜덤 슬라이드」,『AnA vol.03』(은행나무, 2022)

「당신이 기대하는 건 여기에 없다」,《릿터 29호》(민음사, 2021)

「여분의 해마」,《실천문학》 2021년 7월

「사랑 파먹기」(발표 당시 제목 「안전한 사랑」), '코로나 19 예술로 기록'

(한국문화예술위원회, 2022)

「유예하는 밤」,《웹진 비유》, 2022년 8월

「들개들의 트랙 리스트」,《실천문학》 2020년 10월

「다음 챕터」,《유령들》 3호, 2023년 6월

사랑 파먹기

1판 1쇄 펴냄 2023년 7월 14일
1판 2쇄 펴냄 2024년 5월 17일

지은이 권혜영
발행인 박근섭, 박상준
펴낸곳 (주)민음사

출판등록 1966. 5. 19. (제16-490호)
서울특별시 강남구 도산대로1길 62(신사동) 강남출판문화센터 5층
대표전화 02-515-2000 팩시밀리 02-515-2007
www.minumsa.com

ⓒ 권혜영, 2023. Printed in Seoul, Korea

ISBN 978-89-374-1735-1 03810